JN088289

「どう接したもんか……」
「先生からも聞いてたけど、入院してたんだよね？」
相《あい》影《かげ》誠《せい》治《じ》
真面目な性格ゆえ
クラス委員長に（押しつけられがち）。
あと1ヶ月で転校することが決まったが
皆に言えずにいる。

雨《あま》夜《や》千《ち》亜希《あき》
幼なじみで委員長の誠治をよく頼るが、
わりと主導権は握っている。
「なあ、セージ。転校生、前にどっかで会ったことねえか？」
明《あけ》丸《まる》翔《かける》
気の置けない誠治の幼なじみ。
屈託がなくクラスのムードメーカー。

「やだぁ残念、使い勝手のいい後輩だったのに！」
真《ま》木《き》アイリ
生徒会書記。純文学ばかり読んでいるため
あだ名が「文学エルフ」。
火《ひ》野《の》坂《さか》愛《あ》矢《や》
生徒会写真部の部長。
誠治たちのある計画に協力してくれることに。

「幼馴染？ 実在するんだ、
それ……」
「じゃあなおのこと、
お茶で引き延ばさないとね」
日《ひ》比《び》谷《や》凛《りん》
皆の憧れる生徒会長だが、
誠治の前ではちょっと抜けている従姉。

お洒落で垢抜けた女子高生？
病弱で清楚な転校生？
――誰じゃそれ？
朝《あさ》陽《ひ》悠《ゆ》乃《の》
誠治たちの幼馴染。
引越しでまたこの町に戻ってきた。

それはそれとして、
誠治は後でぶちまわす！

CONTENTS

my youth romantic comedy
about changing schools
in one month

あと1ヶ月で転校する
僕の青春ラブコメ

絵戸太郎

MF文庫J

口絵・本文イラスト●雪丸ぬん

◇プロローグ

転校という言葉は、なぜか特別だ。

特にフィクションでは、妙に誇張されていると思う。

やれ朝の通学路で衝突した子が転校生として現れたとか、やれ時期外れの転校生は潜入調査のために訪れたスパイだとか。とにかく物語に転校生が登場した後、何《なん》の変哲もないモブキャラで終わることなんて滅多《めった》にない。

そのせいか、転校生という肩書きには、謎の期待感が寄せられる。

昨日までの退屈な日常に一石を投じて、物語の幕開けを告げる存在であるかのように。

今日、この教室にやってきた、彼女のように。

「えーっと、朝陽悠乃《あさひゆの》です。小学生の頃にはこの町に住んでいて、また戻ってきました。もし覚えてくれてる人がいたら、声をかけてくれると嬉《うれ》しいです」

第一印象——普通に可愛《かわい》い。

体形は長身で細い、薄く染めた茶髪は肩口までの長さ。

やや切れ長の目が特徴の顔には、過不足ない化粧が施されている。

声音はハキハキとしてよく響き、背筋の伸びた立ち姿が目に映える。

そんな彼女と——目が合った。

彼女は一瞬だけハッとして、しかし自己紹介を続ける。

「本当は新学期からこの教室に来る予定だったんですけど……ちょっと立て込んでいて、何日か遅れました。タイミングを逃して緊張気味ですけど、よろしくお願いします！」

我らがクラスの新しいお友達こと朝陽悠乃《あさひゆの》は、そう言って頭を下げた。

初登校が遅れた理由に言葉を濁したことが、かえって興味を惹《ひ》く。

転校生で、可愛《かわい》くて、事情がありそう。

朝陽悠乃はそういう『転校生』だった。

——季節は春、四月の上旬。

高校生として迎える二度目の新学期。


僕が転校するまで、およそ一ヶ月……という頃のこと。

もしこれが、転校生で幕を開ける物語だとしたら、それはきっと——

この教室に来た彼女と、この教室を出ていく僕の、長くて短いすれ違いの話だ。

◇第一話　四月十三日、あと23日・朝

急病人を見つけて、救急車を呼んだことはあるだろうか？

僕の人生初１１９番は、先週――始業式に向かう途中の通学路だった。

「大丈夫ですか⁉」

朝の道路沿い。女の子が、苦痛の顔色で腹部を抱いて、膝をついている。

それが同じ高校の制服を着ているとなれば、声をかけないわけにもいかない。

「っ、すみ、ません……痛く、て……っ」

近付いてみると、彼女は眉間にしわを寄せており、声も掠《かす》れ気味だった。

「動けますか？　道路沿いは危ないのでこっちに。救急車を呼びますから」

手を貸して車道から離れつつ、スマホを取り出す。

突然の事態に混乱して、「１１９番って何番だっけ？」などと馬鹿な手間を踏んだのは内緒にしておきたい。

「……セー、ジ？」

名前を呼ばれた気がした——初対面のはずだが、違ったのだろうか？

詳しく聞いている場合ではなかったので、救急車を優先した。

問題は……いつの間にか彼女に手を握られて、救急車に同乗するしかなかったことだ。

「命に別状はないようです。保護者の方も来られましたし、もう大丈夫かと」

結局、病院まで付き添った僕は、職員に説明されて胸をなで下ろした。

思えば名前も聞かなかったが、かといって改めて顔を出すのも恩着せがましい。ここは名も告げず去るまでが親切だと思って、そのまま病院を後にした。

もちろん乗ってきた救急車が送ってくれたりはしないので、親に車を出してもらって、始業式をすっぽかしてから登校するという、格好《かっこう》のつかない形になったが。

「ああ、遅刻は気にしなくていい。その子の親御さんから連絡があったよ、助けてくれた生徒に感謝してるってさ。いいことしたなぁ」

幸い、職員室で迎えてくれた教員から、お叱りの言葉は無かった。

確かに、誰にでもできることとはいえ、人助けをしたのだ。

教室で話題にして、ちょっとくらい賞賛の声を期待しても、罰は当たるまい。

そんな僕に、級友たちが送ってくれた言葉は——

「あ、悪い。クラス委員長、お前になった」

学校あるある、欠席者に押し付けられるクラス委員長の座だった。

○

というわけで、委員長の相影誠治《あいかげせいじ》だ。
教室に一人はいる委員長をさせられがちな眼鏡男子と言えば、自己紹介は十分だろう。
（やっぱりあの子、だよな……）
転入生の自己紹介が終わり、ＳＨＲが始まっている。
朝陽悠乃《あさひゆの》が座っているのは、始業式の日からあった空席だ。
担任からは、急病で来られなくなった子がいると説明されていた。
その時点で予想はしていたが、やっぱり僕が救急車で送った彼女だった。
（奇縁ってあるもんだな）
新学期の教室は五十音順。
相影という名字のおかげで僕は常に最前列、朝陽悠乃は数席後ろだ。
ちらりと振り返ってみると、向こうも気付いているのか、照れ臭そうに目礼する。
「なあ、セージ」
と、一つ後ろの席から、教師に咎《とが》められない程度の声が僕を呼ぶ。
明丸翔《あけまるかける》――幼稚園の頃からの幼馴染《おさななじみ》だ。

小柄で、茶髪を整髪剤で尖《とが》らせて制服を着崩すという、粋がった風体をしている。

親しい者は、名前の『翔』を音読みして『ショウ』と呼んでいた。

「後ろの転校生、前にどっかで会ったことねえか？」

翔は自分の一つ後ろの、朝陽悠乃を指して首を傾《かし》げている。

「ああ、前に話した救急車の子だ」

「いや、それも奇遇だけどそうじゃなくてな。オレも含めて、もっと前にどっかで会ってないかってことだよ。ほら、前もこの町に住んでたって言ってたろ？」

どうやら翔自身も、朝陽悠乃に見覚えを感じているようだ。

出身がこの町なら、同じ小学校だったとしても不思議じゃない。

（ん？）

記憶を辿《たど》ろうとしていると、ポケットの中でスマホが震動した。

教師の目を盗んで画面を見ると、メッセージアプリが受信を通知している。

（千亜希《ちあき》？）

送り主は、同じ教室の女子生徒だ。

雨夜《あまや》千亜希――セミショートの黒髪に控えめな印象の目つき、パッと見では地味だけどよく見たら可愛《かわい》いという外見だ。

翔と同じく幼少期からの付き合いである彼女は、朝陽悠乃の真後ろの席に座っている。

【前の子、ゆーちゃんじゃない？】

送られてきたメッセージは、そのようなものだった。

なるほど、前の席に当人がいるので、スマホでの内緒話か。

それにしても『ゆーちゃん』とは、悠乃《ゆの》の前半を取って『ゆーちゃん』だろうか？

【覚えてない？　小学五年くらいに引っ越しちゃった、ゆーちゃん】

「っ！」

二通目のメッセージが、小学生時代の記憶を脳内に撒《ま》き散らした。

出席番号の近さは友達の始まり。

番号順に並べば自然と一緒になり、それがきっかけで親しくなったりする。

六学年もある小学校だと、進級するたび「またお前か」と見飽きてしまうくらいに。

僕にとってのそれは、明丸翔《あけまるかける》や雨夜千亜希《あまやちあき》であり、もう一人——

「ゆーちゃん！　ゆーちゃんだよねっ？」

気がつけばＳＨＲが終わり、教室が雑談に包まれる。

誰より早く口火を切ったのは千亜希、その声は前席の悠乃に向いていた。

「え？　……あ！」

驚いて振り返った悠乃は、喜色を浮かべた千亜希を見て、目を丸くする。

彼女の脳内にも、ランドセル時代の記憶がひっくり返ったことが見て取れた。

「私、千亜希だよっ？　雨夜千亜希。『ちぃちゃん』って言ったら分かる？」

「分かる分かる！　ちぃちゃんだっ、懐かしぃーっ。すっごい可愛《かわい》くなったねー」

「ゆーちゃんもだよっ。急に可愛くなって戻ってきたから最初分かんなかったよー」

悠乃と千亜希は、机越しに手を握り合って再会を喜ぶ。

「そうだそうだっ、ゆーだよ、ゆーっ」

翔も記憶が蘇《よみがえ》ったようで、当時の呼び方を口にする。

互いに振り返って目を合わせると、悠乃は翔の顔を見てハッとした。

「え、嘘《うそ》っ、もしかして翔くんっ？」

「おう。いや悪い、見た目が変わりすぎてすぐに思い出せなかった」

周囲の生徒が何事かと注目して、しかし会話からすぐに関係を察した。

そう、彼女は悠乃、あだ名は『ゆーちゃん』――

僕たちが中学に上がる前に引っ越してしまった幼馴染《おさななじみ》だ。

「じゃあ、もしかして……」

彼女の視線が翔から外されて、やや上を向く。

「久しぶり、この前は大丈夫だったか？」

席を立って彼女の傍《そば》に来ていた、僕の顔に。

「やっぱりあのときのっ、本当に誠治《せいじ》くんだった！」

悠乃《ゆの》は椅子から立ち上がると、驚きと喜びの声を口にした。

そう、僕と悠乃に限っては、再会は今日ではなく先週のこと。

あの救急車の件で、懐かしの再会は起きていたのだ。薄情なことに気付かなかった僕と違い、悠乃は感付いていたようだが、確認する余裕も無かったのだろう。

「よく覚えてたな」

「忘れてないって。それよりこの間はありがとう、おかげで助かったよ」

悠乃は、途中から周囲の目を気にして小声になりつつも、先日の件について礼を言う。

救急車で運ばれた件は、あまり大っぴらにしたくないようだ。

僕たちから声をかけなければ、悠乃からこっそり接触しに来たことだろう。

「気にしないでいい。大事がなくてよかったよ」

感謝の言葉は心地よいが、衆人環視の前でとなると、流石《さすが》に気恥ずかしい。

「へー……背が伸びたねぇ」

悠乃は不思議そうに僕を見上げていた。

近い距離といい香りに胸が高鳴る。昔とは違って、悠乃もすっかり女の子だった。

「ああ、そっちも見違えたな」

「そう？　へへ、ありがと」

言外に可愛《かわい》くなったと伝えたら、素直な照れ笑いが返ってきた。

悠乃の目はそのまま翔《かける》の方に向けられる。

「それに引き替え、翔くんは変わってないねー」

「おうおう、扱いの差を感じさせるじゃねーか。これが日頃の徳の差か？」

翔が不平等感を零《こぼ》したところで、他の級友たちも加わってくる。

「なになに？　委員長たちの知り合い？」

近くの席にいた級友、ギャル系女子の金枝《かなえ》が、僕たちの関係に首を傾《かし》げていた。

「ああ、同じ小学校だったんだ」

他の級友の耳目も集まっているので、説明がてら答える。

悠乃と千亜希《ちあき》は、揃《そろ》って懐かしそうな顔をしていた。

「私が小五の頃に引っ越したから……五、六年ぶりくらい？」

「ゆーちゃんが居なくなってから、もうそんなに経《た》ってたんだねぇ」

転校した同級生のことを忘れてしまっても仕方がない年数だ。

思い出せたのは、それだけ密接な日々を送っていたからだろう。

「それよりゆーちゃん、先生や誠治《せいじ》くんからも聞いてたけど、入院してたんだよね？」

千亜希が心配そうに確認を取る。

命に別状はないと聞いていたが、そこは僕も気になるところだ。

「あー……大したことじゃないのっ。ちょっと内臓を痛めたというか……」

悠乃《ゆの》は妙に気まずそうな顔で、目を泳がせていた。

「もう完治してるのか？　気をつけた方がいいことあるか？」

「そ、それは大丈夫だって。軽い手術しただけだからっ」

問《と》い質《ただ》すと、悠乃は焦った様子で手を振る。

「……どう思うよ？」

翔《かける》が声を潜めて聞いてきた。

「詮索するのも失礼だし、とりあえず様子見で」

入院・手術歴を隠したがる理由は色々ある。根掘り葉掘りはよくない。

ふと周りに目を配ると、他のクラスメイトたちも話を聞いていたようだ。

「病弱なのかな？」

「転校したのも治療のためとか？」

男子も女子も、声を潜めて言葉を交わしている。

それを聞いた悠乃は、なにやら冷や汗をだらだらと流す。

翔が慌ててスマホを取り出し、『内臓疾患』『発汗』で検索しているのが見えた。

「循環器疾患、内分泌代謝疾患、悪性腫瘍、不安障害、パーキンソン病……」

物々しい単語を耳にしたクラスメイトたちが、段階的に顔色を悪くしていく。

様子見だと言ったばかりにこれかと、僕は翔を肘で小突いた。

「ゆーちゃん本当に大丈夫っ⁉　何かの拍子に血を吐いて倒れたりしないっ⁉」

「副委員長の望月《もちづき》です。悩み事があれば何でもご相談を」

「私、保健委員なのっ、何かあったら声かけてねっ」

時既に遅し、千亜希《ちあき》を始《はじ》めとするクラスメイトが悠乃の心身を心配している。

「大丈夫っ、本当に大丈夫だからっ」

深刻な顔で詰め寄る級友たちに、悠乃は慌てふためいている。

とりあえず、彼女の転校先が平和な教室であったことだけは、間違いなかった。

そこで、予鈴の音が響く――

「じゃあ、また後で」

「ゆーちゃん、お昼一緒に食べよ。学食でいいかな？」

「あ、うん。お弁当あるけど、持ち込んでいいよね？」

千亜希と悠乃が約束している。僕や翔も交《ま》ざるべきかと思ったが、女子の集まりっぽいので控えておいた。健康状態や転校の事情などは、いずれ分かるだろう。

いわゆる竹馬の友とはいえ、いまでは高校生、言えないことくらい誰にでもある。

誰にでも――だ。

○

雑多に入り交じる生徒、声、料理の香り。

時小海《ときおみ》高校の学生食堂は、今日も盛況だ。

その一角に席を取った僕と翔《かける》は、昼食に手を付ける。

「改めて思うけどよ、あれ本当にゆーか？」

定食のご飯茶碗《ちゃわん》を手にしていた僕に、大盛りカレーを食べる翔がスプーンを向けた。

「別人すぎだろ。オレらのガキ大将どこいった？」

「まあ、気持ちは分かる」

記憶にある『ゆーちゃん』と一致しないのは僕も一緒だ。

自然と思い出すのは、幼い頃の情景——小学生時代の朝陽悠乃《あさひゆの》だ。

「オレ、ゆーとケンカになって鼻血噴かされたことあるぞ」

「髪は整髪剤で固めてたし、服装もボーイッシュで、下手な男子より男前だったな」

「そうそう、バレンタインになると、女子からめっちゃチョコもらってたっけなぁ」

小学生くらいだと、男の子にしか見えない女の子も多くいる。

悠乃はその上位互換、イケメン系女子とでも言うべき子だった。

「なにせ五年前だからな。別の人間になってて当たり前か」

口にした味噌汁《みそしる》は、言葉と同じくらい、美味《うま》くも不味《まず》くもない。

小学生が二次性徴を経て高校生になる年月だ、心身ともに別物だと言うべきだろう。

お互い名前を聞いて、すぐに思い出せただけでも、情が深い方ではないか。

「オレらの知ってるゆーはもういないってことか。なんか切ねぇな」

僕の胸中に生じたささやかな感傷は、翔の口から言葉にされた。

「いないは大げさにしても、どう接したもんか……」

「ん？　どうって？」

「まさか小学生のノリで接するわけにもいかないだろ？　かといって他人行儀なのもな」

同じ異性の幼馴染《おさななじみ》でも、千亜希《ちあき》となら成長の過程で細かな機微を調整できた。

しかし悠乃との間ではそれができていない。更新は小学生時代で止まっている。

「悩むとこか？　いったんリセットして、同級生として接すりゃいいんじゃね？」

翔はテーブルに肘をついて呆《あき》れた顔をする。不作法め。

「それは……まだダメだな」

提案は悪くないが、いまは退ける。

「悠乃からすれば、前に住んでたとはいっても、周りはほとんど初対面の人ばっかりだ。数年ぶりに会えた幼馴染、なんて漫画みたいな縁でも頼りたいかもしれない」

もし自分が悠乃の立場なら、転校先で友達ができるかどうか不安に思う。

そこに幼少期を共にした幼馴染がいたら幸運だ。教室に溶け込むきっかけとなる。

「なのに僕たちが『もう昔のことだよね』なんて態度だったら、違う意味に取られかねない。リセットするなら、悠乃《ゆの》が問題なく教室に溶け込んでからだ」

「もし溶け込めなかったときのセーフティになると」

翔《かける》に意図は伝わったようだが、顔は変わらず呆《あき》れたままだ。

「セージは考えすぎだろ、なるようになるって」

「ショウこそ思考放棄しすぎだ。もうちょっと考えてやれよ」

「考えるってなにをだよ?」

「このまま順調にクラスの女子と仲良くなれるか、手術したっていう体に不調は抱えてないか、そもそも転校してきた事情は——どれも問題なかった場合から、孤独化して難病が再発して生活環境も深刻だった場合まで。生きろ、悠乃」

「ぜってー考えすぎだろそれ、お前そのうちハゲるぞ」

「ハゲる歳《とし》になってから後悔しないためだよ」

考えすぎかもしれないが、僕なりの、幼馴染《おさななじみ》に通すべき筋だ。

名前に誠の一字を掲げている以上、できるだけ誠実に生きるのが、密《ひそ》かな信条なのだ。

「それでフリーズしてりゃ世話ねぇわ。お前、勉強できるけどやっぱバカだよな」

悪気なく笑う翔に、割と図星を突かれた。

考え込んで結論を出せずに機を逸するのは、自分でも自覚している悪い癖だ。

「そうか、ショウもようやく真面目にノートを取れるようになったんだな」

「待て待て。ほら見ろ、ゆーたちが飯食ってるぞ？　とりあえずボッチは回避してる」

翔に促されて振り返った先では、悠乃が昼食をとっていた。

○

そのとき——朝陽《あさひ》悠乃は、食堂でお弁当を開いていた。

「ゆーちゃんのお弁当、すごくヘルシーだね？」

隣の千亜希《ちあき》が、弁当の中を見て、目を瞬いている。

サンドイッチで済ませようとする千亜希も小食だけど、自分のお弁当はそれ以下だ。

「皮を取り除いた鶏肉《とりにく》に、ほうれん草に煮豆……病院食みたいに気を遣ってますね？」

対面席の女子は、副委員長の望月《もちづき》さん——眼鏡をかけた淑《しと》やかな子だ。

折り目正しい食事作法で、日替わり定食に箸を延ばしている。

こちらの献立を確認したその顔には、憂いが過《よぎ》っていた。

手術と聞いたが、もしや退院後も食事に制限が生じるほどの大病だったのか——と。

「び、美容と健康のためだよっ！」

物証を消すように箸を進めつつ、話題を変えにかかる。

「そういえば、誠治《せいじ》くんって高校でも委員長してるんだね？」

千亜希《ちあき》に話を振ると、健康状態についてはひとまず置いてくれた。

「小学校の頃からずっとだね。中学では生徒会長もしてたよ？」

「あー、言われてみれば誠治くんってそれっぽい。見た目はだいぶ変わったけど……」

相影《あいかげ》誠治――幼馴染《おさななじみ》の四人組でも、真面目枠だった男の子。

性格は相変わらずのようだが、外見は大きく変わっていた。

（いまにして思うと、よくあのとき気付いたなぁ、私……）

救急車で運ばれたときのことだ。

成人式で古い友人に会うと急に思い出せるものだと、母から聞いたことがある。あれはそういう現象だったのかもしれない。

「委員長って、昔とそんなに変わってるんですか？」

同じ小学校ではなかった望月《もちづき》さんが興味深そうにしている。

「昔は男子の中でも小さい方だったよね？　眼鏡もしてなかったし」

「女の子と間違われることもあったよね。当人気にしてるから内緒だよ？」

望月さんは仏頂面の委員長しか知らないらしく、瓢箪《ひょうたん》から駒が出たような顔だった。

「正直に言うと……昔の庇護《ひご》欲を掻《か》き立てる可愛《かわい》い男の子と、いまの若干キツそうな眼鏡青年が、私の中でいまだに一致しなくて……」

箸を持った指先で額を押さえると、レタスサンドを両手に持った千亜希《ちあき》が首を捻《ひね》る。

「んー、久しぶりに見る親戚の男の子が、急に大きくなっててびっくりする感じ?」

千亜希の例えに、「そんな感じ」と頷《うなず》いた。

「分かります。小学生くらいの頃は女の子が早熟だって言いますけど、逆に言えば、その後は男の子が急に大人びていくんですよね」

片頬《ほお》に手を添《そ》えた望月《もちづき》さんの言葉には、共感できた。

なんと言っても、男子は背が伸びる。ちょっと前まで同じ目線だった同年代の男の子を見上げ、逆にこちらが小さくなったような錯覚を覚えたとき、女の子は衝撃を受ける。

誠治《せいじ》は『見違えた』と言っていたけど、それはこちらの台詞《せりふ》でもあるのだ。

「もしかしてゆーちゃん、誠治くんのこと苦手?　見た目ほど気難しくないよ?」

「苦手ってわけじゃないよっ。救急車のこととか感謝してるしっ。ただ……ほら、まさか小学生のノリで接するわけにもいかないし、かといって他人行儀なのも悪いし――」

自分でも上手《うま》く説明できない。

子供っぽく扱われるのは嫌だ、でも『大人の対応』で距離を感じるのも嫌だ――そんな複雑な感情を察してくれてか、望月さんはくすりと笑う。

「存外、向こうも同じことを思ってるかもしれませんよ?」

食堂のどこかからクシャミが聞こえ、唾を飛ばされたらしい誰かの苦情も聞こえた。

「普通でいいと思うんだけど、考えてみればその普通ってなんだろうね？」

千亜希はこちらの悩みを理解しつつ、その解決策が浮かばないようだ。

箸を下ろした望月さんが、ナプキンで唇を拭ってから口を開く。

「普通はさておき、打ってつけの機会ならありますよ？　親睦会です」

親睦会と聞くと、千亜希はハッとしてスマホを取り出す。

「そうだった！　ゆーちゃん、今日の放課後って時間あるかな？」

「放課後？　部活を覗《のぞ》いてみようかと思ってたくらいだけど……親睦会って？」

望月さんが説明してくれる。

「新学期なのでクラスの有志で親睦会をしようという話があったんです。でも朝陽《あさひ》さんの登校が遅れてしまっていたでしょう？　仲間外れはよくないからということで、委員長が延期にしていたんです」

どうやら知らぬ間に気を遣われていたようだ。

その時点では、誠治も『遅れている転入生』が幼馴染《おさななじみ》とは思わなかったらしいが。

「えっ、なんかごめん。いまからでも参加しちゃっていいの？」

血相を変えると、千亜希がスマホを取り出して笑いかけてくれる。

「一人増えるくらい大丈夫だよ。ちょっと連絡するね。ＬＩＮＥも交換しよ？」

「私も是非」

「あ、うんっ、交換しよ！」

喜んでスマホを取り出し、連絡先を交換する。

望月《もちづき》さんと交換している途中、隣の千亜希《ちあき》が入力したメッセージが見えた。

【親睦会、ゆーちゃんは今日大丈夫みたいです】

それほど間を置かず、誠治《せいじ》から返信が届く。

【わかった、会長に伝えてから連絡する】

誠治らしい飾らない文言だ。

会長とはこの高校の会長だろうか？　なんだか人脈を感じる。

五年半のうちに増えた、幼馴染《おさななじみ》たちの知らない一面は、まだまだ多くありそうだった。

○

昼食後——僕は翔《かける》と別れて、生徒会室に向かっていた。

漫画のような誇張はない、ごく普通の生徒会室だ。

足を折り畳める長机とパイプ椅子が並べられており、最新とは言えないＰＣが置かれ、古びた棚にファイルが並んでいる。

そんな生徒会室で、あえて特別なところを挙げるとすれば、

「相影《あいかげ》です。いまいいですか？」

「誠治くん？　どうぞ」

　——生徒会長が美人であることだ。

　生徒会室に入った僕を出迎えたのは、生徒会長の日比谷凛《ひびやりん》。

　長く艶《つや》やかな黒髪と、『可愛《かわい》い』よりも『美人』に分類すべき細面、制服の上からでも分かる起伏あるスタイルと長身、ヴィオラを奏でるように耳心地のいい声——

　椅子に座り、細い指先で小さなコーヒーカップを持つ姿まで、なんとも絵になる人だ。

「コーヒーでいいかしら？」

「ああ、お構いなく、すぐに済む話なので」

「じゃあなおのこと、お茶で引き延ばさないとね」

　凛さんは、話だけ済ませてすぐ出て行くということを僕に許さなかった。

　昼休みの時間はまだ残っているし、ご相伴にあずかることにする。

「真木《まき》、今日は何を読んでるんだ？」

　生徒会室にはもう一人、置物のように沈黙している生徒がいた。

　生徒会書記・真木アイリ。

　凛さんとは違う意味で目を惹《ひ》く子だ。

　髪は茶色に近い金髪、染めているのではなく地毛のハニーブロンド。

より黒みがかった鳶色《とびいろ》の瞳に、北欧の血筋を感じさせる真っ白な肌。

上げた顔の造形たるや、最新のゲームでCGによって描かれたエルフのよう。

……………昭和の女学生みたいな『お下げ』と、太い縁の眼鏡という装いでなければ。

「谷崎潤一郎《たにざきじゅんいちろう》の『鍵《かぎ》』」

少しハスキーな声で回答された本も、見た目にそぐわなかった。

表紙を見せるように持ち上げられた一冊で、僕はコーヒーを飲む前から苦い顔になる。

「文学少女が学校で読む作品としては、ギリギリアウトじゃないか？」

「図書室に置いてあったなら、学校が教育的価値ありと認めたということ。よって健全」

よく見れば、図書室の本でよく見る識別番号シールが貼られていた。

「あら、谷崎って、なにか問題あるの？」

凛《りん》さんがミルから視線を外して、僕とアイリの会話に首を傾《かし》げる。

棚に保管してある豆を挽《ひ》くところから始めるあたり、こだわりが強い。

それにしても困った。凛さん、谷崎については現代文の授業でしか知らない人らしい。

返答に窮する僕に代わって、アイリが視線も配らず語り出す。

「『鍵』について言えば——高齢で妻とマンネリになってきた主人公が、自分の妻と娘の婚約者が不倫するように仕向けてムラムラする話。現代風に言うと、寝取らせ」

凛さんがカップを落とす。まだコーヒーを注ぐ前だったのは幸いだ。

「ちょ、アイリあなたっ、さっきから澄ました顔でそんな拗《こじ》らせたの読んでたの⁉」

「まことに健全」

ちなみにアイリの説明は悪意ある要約ではなく、本当にその通りの内容だ。

「誠治《せいじ》くん、あれは学校の風紀的にセーフな本なのかしら？」

「当時、国会に持ち込まれるくらいには問題視されたそうです」

「国を動かすほどの内容なのっ⁉　お、大人じゃなくても読んでいいの……？」

衝撃の史実に動揺する凛さんだが、少し興味深そうに見えたのは気のせいか。

「日本文学史に残るスケベジジイ、日本のHENTAI文化の源流は古い」

「文豪の名誉のために言うと、そういう作品ばかりの人じゃないからな？　インモラルな題材も含めての万能型だぞ。武芸百般に通じた達人みたいな人だからな？」

「流石《さすが》は相影《あいかげ》、よくご存じ」

アイリは感心した風《ふう》に言うと、栞《しおり》を挟んで本を閉じた。

書店のオマケでもらうような栞ではなく、花を描いたステンドグラス風の女の子らしい栞だ。できればスケベジジイではない本に挟んであげてほしい。

「……どうぞ、誠治くん。コーヒー」

凛さんはこれ以上の追及を避け、複雑な表情で白いカップを差し出した。

「ふふ、おかしいわね。昼休みに生徒会室へ来てくれた従弟《いとこ》にコーヒーを振る舞う洒落《しゃれ》たお姉さんをするはずだったのに、スケベジジイに全部もってかれたわ……」

テーブルに両肘をついて指を組む凛《りん》さんは、難問に直面した政治家のようだった。

「大丈夫です、凛さんは格好《かっこ》いいです。今日も間が悪かっただけです」

「ありがとう、誠治《せいじ》くん——いま『今日も』って言った？　ねえ、こっち見なさい？」

我が従姉《いとこ》、日比谷《ひびや》凛はこんな人だ。

人望ある生徒会長で、お茶にこだわる才色兼備だけど、なぜか『決まらない』。

そんな星の下に生まれついた凛さんの様子に、アイリは小首を傾《かし》げる。

「鴎外《おうがい》よりは話題にしやすいと思ったのに。もっと砕けて押川春浪《おしかわしゅんろう》の方がよかった？」

この子、実は現代に転生してきた明治の書生なんじゃないだろうか？

「真木《まき》、文学を通じて友人を作りたいなら、自分の本を閉じるのが一番の近道だぞ？」

「曰《いわ》く不可解」

「そこで『巌頭之感《がんとうのかん》』を出されるのも、日常会話としては難易度が高いな」

夏目漱石《なつめそうせき》の教え子が残した遺書だ。縁起でもない。

「アイリが教室で上手《うま》くやっているかどうか心配だわ」

凛さんがため息をつく。

「僕の知る限り、中学の頃から彼女の席は『文学エルフの聖域』です」

「なに？　その漫画かラノベのタイトルみたいなの」

「まず日本語が通じるか分からない容姿で、よしんば通じても話題を合わせるのが難しい純文学ばかり読んでるから踏み込めないって意味です」

かくして付いたあだ名は『文学エルフ』、時小海《ときおみ》高校の密《ひそ》かな有名人だ。

「失礼な。千亜希《ちあき》みたいな文学仲間だっている。ぼっちじゃない」

アイリが名前を出したように、彼女と千亜希は同じ文芸部だ。

ちなみに僕との縁は、中学時代に同じ生徒会役員だったことに由来する。

「あと、生まれも育ちも日本な私を外人扱いする人たちに、日本文学の知識でマウントを取るのが気持ちいいだけ」

「アイリ、お姉さん心を鬼にして言うけど、そういうところよ？」

と、このように捻《ひね》くれた性格もあって、友人に数を求めない生活を送っている子だ。

「さて――本題ですが、凛さん、親睦会の参加人数を一人増やしたいんですが」

コーヒーで人心地《ひとごこち》ついた後、僕は凛さんに本題を切り出した。

「ああ、遅れていた転校生が来たのね」

事前に話しておいたおかげで、凛さんもすぐに察してくれる。

「一人増えるくらいなら対応してくれるはずよ。長年うちの高校が打ち上げに使ってきたお店だから、このくらいは慣れっこだろうし。連絡しておくわね」

時小海高校には、大会を前にした部活動や卒業生の壮行会などで御用達《ごようたし》の店がある。

その店を大人数で利用する時は、生徒会を通じて予約するのが慣例だ。

今回、参加の是非が不明だった悠乃《ゆの》が参加となったので、こうして伝えに来たわけだ。

「転校生？」

アイリが鸚鵡《おうむ》返しをしていたので、手術入院で遅れていた転校生がいたと説明する。

「たしか新涼《しんりょう》からの転校生だったわね」

「新涼？」

思い出したような凛《りん》さんの呟《つぶや》きに、今度は僕が鸚鵡返しをさせられた。

「その子が前にいた学校よ。全国大会でうちと競ってたから覚えてたの」

そういえば廊下に、男子卓球と女子バドが全国で健闘したという学内新聞があった。

女子の方に凛さんの友人がいたので、応援に行ったらしい。

「ということは、今日の生徒会は誠治《せいじ》くん抜きね。忙しくなりそうだわ」

「頻繁に手伝っておいて今更ですけど、僕は役員じゃありませんからね？」

「だって誰も役員をしたがらないんだもの、うちの学校。私が会長をさせられてるのも、前会長と先生がたに拝み倒されたからだし。従弟《いとこ》の手も借りたいのよ」

凛さんは茶菓子のクッキーを弄《もてあそ》びながら溜息《ためいき》をつく。

「だからスマホで連絡を取らせず、こんな連絡事でも生徒会室に来させるんですね」

「やぁねぇ、可愛《かわい》い従弟と直接会って話したいだけよ」

そう言って、お茶と菓子だけを対価に、何度仕事を手伝わされたことか。

「――そろそろ戻ります」

アイリが言うと、僕と凛さんも時計を確認。そろそろ昼休みが終わる時間だ。

「では会長、また放課後に」

「ええ、またね」

階段の前で凛さんとアイリが言葉を交わして別れる。

同学年の僕とアイリは、途中まで一緒に廊下を歩く。

「そういえば、相影《あいかげ》の言ってた転校生、どんな子？」

途中でアイリが振ってきた話題は、悠乃についてだった。

「ああ、偶然にも僕と幼馴染《おさななじみ》だった子だよ」

「幼馴染？　実在するんだ、それ……」

「いや、居るところには居るだろ」

幼少期から付き合いがある友人や知人くらい、自分には居なかったとしても、世の中にいくらあっても不思議じゃない関係だ。

「女子？　可愛い？」

「女子で、可愛いと思う。気になるなら千亜希《ちあき》に聞いてみるといいよ」

「……大丈夫、きっと素敵な愛と友情の物語が始まるよ。『こゝろ』みたいに」

「ドロドロのバッドエンドじゃないか。僕なにかしたか？」

戸惑う僕に答えることなく、アイリは自分の教室に戻っていくのだった。

曰《いわ》く不可解なことである。

○

放課後——凛《りん》さんに紹介された店に、僕たち2－Bの生徒たちが集まる。

「はい、適当にテーブル席についてください。料理は並んでるものをビュッフェ形式で。料理と飲み物が揃《そろ》ったら乾杯します」

委員長である僕は、今日も級友たちを取り仕切る。

「18、19、にじゅ……あれ？　もう一回！　12345……」

「千亜希《ちあき》、全員いるから大丈夫だぞ」

「あ、ありがと……えっと、次は会費の回収と……ああその前に開会の挨拶を」

「落ち着け、まだ先だ」

隣でおろおろしている千亜希を宥《なだ》めると、近くから声がかかった。

「あれ？　ちぃちゃんが幹事してるの？」

悠乃《ゆの》だ。結局、今朝に少しだけ話したきりだった。

「ああ、千亜希《ちあき》もこういう場数を踏んでおかないとな」

「ん？　どういうこと？」

悠乃《ゆの》は首を傾《かし》げている。転入生の悠乃には、いまのじゃ説明不足だったか。

「ちぃは生徒会長になるんだよ」

料理をとってきた翔《かける》が、端的に説明した。

「えっ、ちぃちゃんが!?」

「違うよっ、立候補するかもってだけで、決まったわけじゃないよ!?」

目を丸くする悠乃に、その必要もないのに弁明めいたことを言う千亜希。

「現会長や先生から指名されたんだ」

僕が補足説明すると、千亜希が抗議するような目で見上げてくる。

「普通に考えれば、中学で会長やってた誠治《せいじ》くんが適任だよね？」

「当校の規則上、クラス委員長は立候補できない」

時小海《ときおみ》高校の生徒会選挙は盛り上がらない。

立候補者もおらず、前会長や先生が生贄《いけにえ》を見繕うのが恒例となっている。

詳しい経緯は僕も知らないが、凛《りん》さんは千亜希を推して、千亜希も応じたらしい。

「でもすごい！　あんなに気弱だったのに、成長したんだねぇ」

「む、昔とは違うもん」

両手を合わせて感心する悠乃に、千亜希は拗《す》ねたような顔でそっぽを向いた。

「私も一票入れるよ！　あれ？　でも、それがなんで親睦会の幹事？」

「こういうプレッシャーに耐える訓練だな」

首を傾げた悠乃は、僕の説明ですぐに察した。

「ああ分かった。ハートを鍛えてるんだね」

「ちぃは強がるくせしてビビるからなー。本番で過呼吸とかしないよう鍛えねぇと」

納得する悠乃に、翔が言葉を続けると、言いたい放題された千亜希が頬《ほお》を膨らます。

「もう、みんなしてぇ。もし会長になったら役員に指名しちゃうんだから」

千亜希の道連れ宣言に、悠乃と翔が少し怯《ひる》む。

「わ、私はまあ、庶務くらいなら？」

「オレ、会計はぜってー無理。それこそセージの出番だろ？」

「悪いが会長と同じく、クラス委員長は生徒会役員を兼任できないんだ」

平然とルールの盾を張る僕だったが、千亜希は鼻を鳴らした。

「いいんだもん。会長だって誠治くんを手伝わせてるんだから、同じことするもん。黒いものだって白にしちゃうんだから」

「このマニフェストにルール違反を掲げる候補者に清き一票を」

僕の知らないところで、千亜希は凛さんから悪い影響を受けていたようだ。

「委員長、料理と飲み物、行き渡ったみたいです」

「ああ、ありがとう」

副委員長の望月《もちづき》に声をかけられて、僕は店内を見回す。

僕・千亜希《ちあき》・悠乃《ゆの》・翔《かける》という幼馴染《おさななじみ》組がテーブルを囲み、望月も加わる。

「千亜希、挨拶」

「は、はいっ」

僕の隣に座っていた千亜希が、緊張した様子で何かを探す。

「あ、あれ？　カンペ……」

千亜希が小さな声で慌て出す。挨拶をメモした紙を無くしたようだ。

級友たちが「ん？」「どうした？」「もう食っていい？」と反応し始める。

目を回した千亜希の肩に手を置いて、僕が代わりに立ち上がった。

「はい、今日はお集まりいただきありがとうございます。クラス委員長の相影誠治《あいかげせいじ》です。今年も無事に新学期を迎えられ、本日には新しい級友も加わりましたので、その歓迎会も兼ねて、このような親睦会を開かせていただきました。皆さんにはこれを機に一層交流を深めていただければと思います。では、飲み物をお持ち下さい――乾杯！」

かんぱーい！　と唱和するクラスメイトたち。

飲み物を口にする一瞬の静寂が過ぎれば、歓談の声と食器の音が競うように響く。

「ありがとう誠治くん。ごめんね」

「ああ、締めの挨拶は頼むぞ」

腰を下ろすと、千亜希が手を合わせて詫《わ》びていた。

大人の真似《まね》をして定型句を並べただけだが、親睦会の挨拶はそんなもので十分だろう。

「ふぇー」

なにやら悠乃が、グラスを手にしたまま目を丸くして、僕を眺めている。

「どうかした？」

「あ、うん。いまのすごいなーって。先生みたい」

「まあ、こういうのは散々押しつけられてきたからな……」

悠乃に真っ正面から褒められて、少し言葉に詰まる。

周りはもう慣れたもので、改めて褒めたりしないものだから、反応に困った。

「というか、悠乃は……」

一瞬、名前で呼ぶことをためらってしまったが、そこは押し通す。

「野菜ばっかりだな？　内臓の手術って聞いたけど、それ関係で？」

「ああこれ？　関係なくはないけど、単に食生活を見直しただけだから」

悠乃の手元にある料理は、ベジタリアン寸前というくらい野菜中心だった。

手術の話を思い出す。救急車を呼んだ縁もあるし、捨て置けない。

「今更だけど、なにか食べられないものとかないよな？」

「ないないっ、アレルギーもないから」

「そうか。エアコン調節できるから、寒かったら言ってくれ」

「あ、ありがと……」

悠乃《ゆの》は少し気まずそうだ。気遣いすぎで下心を疑われてしまったのだろうか？

「「………」」

一拍の沈黙。

困った。話題はいくらでもあるはずなのに、なぜか出ない。

他の女子なら『委員長』として円滑に話せるけど、悠乃の場合は委員長ではなく幼馴染《おさななじみ》でなければならない。しかしその『幼馴染』には五年半分の錆《さび》が付いている。

「そういや、セージが救急車で運んだんだっけ？　新学期早々に災難だったなぁ」

気を遣ったわけでもないだろうが、翔《かける》が陽気に聞いてくる。

「僕は居合わせただけで、災難だったのは悠乃だろ」

「うん。その件、改めてありがとうね。お医者さんも、悪化したら酷《ひど》いことになってたから、救急車を呼んだのは正解だって。あとごめん、あの日は始業式だったのに、誠治《せいじ》くん相当遅刻しちゃったよね？　それで委員長も押し付けられたって……」

謝礼を口にする悠乃だが、彼女が悪いわけではない。

「気にしなくていい。授業も無かったし、不在の僕を勝手に推薦したのはショウだ」

翔を親指で示すが、当人は気にせず料理をがっついている。

「オレだけじゃねぇぞ？　ちぃも推してたし」

「だって誠治くんだもん。ほぼ満場一致だったよ？」

こいつらは僕が委員長を家業にしてるとでも思ってるんだろうか？

「つうかセージも、わざわざ救急車に乗らずに見送りゃよかっただろ？」

翔が言うことも一理あるが、悠乃が気に病むかと思って口にしなかったことだ。

「いや、あのときは……」

「ごめん、それも私のせいなの。あのときはもうお腹《なか》が破裂するんじゃないかってくらい痛くて。いよいよ救急車に乗せられる段になったら、『あれ？　私もしかして死ぬんじゃない？』って怖くなっちゃって……それで、誠治くんの手を握り込んじゃって」

悠乃が恥ずかしそうに説明する。

そう、苦しむ悠乃が手を握って離さないものだから、振り払えなかったのだ。

「「……………」」

僕たちの沈黙に、悠乃が怪訝《けげん》な顔をする。

たぶん悠乃は、男女の間で手を握ったことを茶化される——とでも思ったのだろうが、
クラスメイトたちの反応は違った。

「やっぱり深刻なのかな？」

「医者も悪化したら酷《ひど》かったって」

「救急車とか手術の話、九死に一生だったんじゃ……」

「最寄りの病院とか応急処置とか、調べておいた方がいいかな」

話を耳にしていた級友たちは、普通に心配していた。いいクラスだ。

「ゆーちゃん、頭痛？」

「ううん、大丈夫……大丈夫なの……」

悠乃《ゆの》は何やら頭を抱えていた。頭痛を伴う内臓疾患なのだろうか。

「千亜希《ちあき》ぃー、ボードゲームやろーー？」

と、店内の一角から、千亜希と仲のいい女子たちがゲームに誘ってきた。

「あ、えっと……」

「行ってもいいぞ？　しばらくは幹事らしい仕事もないから」

「じゃあ、行ってくるね」

「あ、ちぃちゃん。私にも見せて！」

千亜希が移動すると、便乗するように悠乃も席を立ち、僕のそばを離れていった。

「やべ、この肉めっちゃ美味《うま》いな。いまのうちに確保しとこ」

翔《かける》は競争率の高い料理を予測して、更に追加すべく席を立った。

「相変わらず、委員長たちは仲がいいですね」

唯一、僕の傍《そば》に残っていてくれた望月《もちづき》が、なにやら面白そうに笑っている。

「ショウのことか？」

「それもありますし、雨夜《あまや》さんや朝陽《あさひ》さんのことも。幼馴染《おさななじみ》でしたっけ？」

悠乃については、むしろぎこちないのだが、彼女には違って見えるのか。

「私も遊んだ子はいましたけど、みんな別の学校になっちゃいましたから」

「それが普通だよ。僕たちも同じ学校だから関係が維持されてるんだと思う」

「ですけど、委員長たちを見てるとそれもなんだか寂しい気分で。私ってばそのうち道ですれ違っても気付かなくなっちゃうのかなぁ、なんて」

「ああ……実際、どっかですれ違ってるんだろうな。そういう元同級生」

別々の中学や高校へと進学するに連れて、着ている制服や通学路が同じではなくなり、接点を失っているうちに見た目も変わって、やがて遠目では気付けなくなる。

そういう風《ふう》に途切れた縁は、誰しもあるものだろう。

アイリじゃないが、現実の幼馴染はフィクションほど多くないのかもしれない。

「でも、進学にせよなんにせよ、新しい環境に行ったら、新しい人間関係に忙しくなるからな。それ以前の関係を後回しにするのは、むしろ『正しい』まである」

正しい？　と、望月は少し驚いたように繰り返した。

「そうだな……例えば、僕たちにとっての悠乃《ゆの》がそうだ」

悠乃を視線で示す。体育会系の女子たちと、何かの話題で盛り上がっていた。

「悠乃が引っ越した後、いっぱい連絡するって約束したけど。まあ、そのうち途切れた」

当時はスマホを持っていなかったから、というだけではない。

「なにせその後は中学生だ。色々と恥を掻《か》いたけど、大事な時期だっただろ？」

烏龍茶《ウーロンちゃ》を手に聞くと、望月《もちづき》も「それはまあ」と気恥ずかしそうに頷《うなず》く。

「そんな時期に、遠く離れた誰かとの関係にばかり執着し続けたら、目の前の生活でヘマをする。早めに忘れてしまうのは、薄情に見えても間違いじゃないよ」

それはきっと、許し合うべき薄情さなのだろう。

「青春ドラマの影響なのかな。お友達との別れをあっさり割り切るのは『冷たい奴《やつ》』で、ずっと互いを思い続けなきゃ友情じゃないって風潮があるけど、あまり好きじゃない」

まくし立てている自覚はあったけど、僕の口は止まらなかった。

「誰かと死に別れた後に立ち直るのは立派なことなのに、お友達と会えなくなったことを引《ひ》き摺《ず》らなかったら酷《ひど》い奴だなんて、それこそ酷い話だよ」

望月の目に僕はどう映っていたのか、虚を衝《つ》かれたような顔をしていた。

「ああごめん、変に語っちゃって。飲み過ぎたかな？」

「一滴残らずノンアルコールですよ？　問題になりそうなこと言っちゃ駄目ですよ？」

たしかに問題発言だった。
「少し外すよ」
僕は断って席を立つ。
トイレに入って扉を閉じ、喧噪《けんそう》が遠くなると、溜息《ためいき》が出る。
(恥ずかしい、同級生になんの講釈をたれてるんだ僕は……)
特に催していたわけでもないので、個室でただ便座に腰掛けながら頭を抱えた。
ただ望月に、自分を薄情者だと思うことはないと伝えたかっただけだったのだが……
ひとしきり悔いた後、個室を出て会場に戻る。
(お別れを悲しみ続ける必要はない、か……)
ざっと見回すと、悠乃が女子たちと連絡先の交換に追われていた。
千亜希《ちあき》のところからは、ボードゲームで逆転があったらしく歓声が上がっている。
翔《かける》はといえば、なにやら即席の早食い大会を開催していた。
(そういうのは、お別れをちゃんと伝えてから言えよな……)
僕がその言葉を伝えるべき相手には、まだ何も言えていない。

◇第二話　四月十三日、あと23日・放課後

日没と同時に親睦会が終わり、参加者は宵の町へと解散していく。

僕と帰路を同じくしたのは、千亜希《ちあき》と悠乃《ゆの》と、通学用の自転車を引く翔《かける》の三人。

「そういえば、悠乃はいまどのあたりに住んでるんだ？」

「前に住んでたマンションだよ？　部屋は変わったけど」

「なら、僕たちと同じ方向だな」

悠乃と言葉を交わして先導する。

「つうか話し足りねぇな。二次会やらね？」

翔の提案だ。僕も同じ事を感じていたので、他の二人にも目を向ける。

「僕はいいけど、千亜希と悠乃は大丈夫か？　疲れてるなら……」

「疲れてはないけど、できればお店以外がいいかな。お小遣いがちょっと」

「食べ過ぎもよくないしねぇ」

千亜希と悠乃も、この面子《メンツ》での二次会に問題はないようだ。

「ならセージの家でどうよ？　昔は何かと集まっただろ？」

「まあ、大したもてなしもできないけど、それでよければ」

「んじゃ、途中でお菓子とか買っていこう。場所代だからセージのはオレらのおごりな」

「なら、僕は先に戻って片付けておくよ」

翔の提案を採用して、久々に幼馴染《おさななじみ》たちを家に招くことになった。

自宅に戻った僕は、出迎えの準備を始めた。

部屋にテーブルとクッションを並べ、私服に着替えた頃、呼び鈴が鳴らされる。

「うわぁ……なんもないね」

「悠乃、そこは『意外と片付いてるね』とかが無難じゃないか？」

僕の部屋を見た悠乃の反応は、正直いまいちだった。

机にPC、本棚とベッド、円盤形の掃除ロボットなど、必要なものはあるはずだが。

「お前この本棚……ほとんど教科書系じゃん。昔はもうちょっと漫画とかあったろ」

「受験の時期に思い切って売った。以降はタブレットで電子書籍だな」

「部屋は人の心を表すなんて言うけど、誠治《せいじ》くんの心にはゲーム機すらないんだね……」

「そんなかわいそうな人みたいな反応するところか？」

翔や千亜希からすると、この部屋は心の廃墟《はいきょ》らしい。

心はさておき、友人を招いてトークだけというのもあれだ。間を持たせる小道具くらい出すべきかもしれない。なにか無いかと部屋を見回すと、押し入れに目がとまる。

「そういえば、親戚のおじさんに譲られたボードゲームがある。例のモンスターのやつ」

「っ、誠治《せいじ》くん！　それ見せてもらってもいい!?」

千亜希《ちあき》が目を輝かせたので、出してやることにした。

押し入れから引っ張り出したのは、小さなテーブルほどの広さがある浅い箱。

表面には、長きにわたってボール型の捕獲器を投げられてきたモンスターたちと、少し前に引退が話題となったアニメ主人公のイラストがある。

「わぁ、なんかアンティークっていうか……」

悠乃《ゆの》が絵柄の古さに感心すると、隣で千亜希と翔《かける》が愕然《がくぜん》とした。

「これ、アニメの先代主人公が駆け出しだった頃だよっ!?　地元も制覇してない頃のっ」

「マジの『第一世代』じゃねぇかっ。性格も特性も無い時代の骨董品《こっとうひん》かよっ」

携帯可能な据置型ゲーム機で遊んでいる世代からすれば、もはや古典だ。

箱を開けると、双六《すごろく》の盤面と、モンスターが描かれた紙のチップ、複数のサイコロ——

電子機器の類《たぐい》は見当たらない。

「……これ、どうやって遊ぶの？」

「双六と同じでいいんじゃないか？」

目を丸くする悠乃と僕に、翔が続く。

「オレはこの感覚を知っている。曾祖父《ひいじい》さんの周忌で行ったド田舎で、黒電話を目撃したときと同じ気持ちだ……」

レトロを前に困惑する僕たちは、さながらパソコンを前にした中世人だった。

僕たちの中でこういうのに強いのは、先ほどからスマホで写真に撮っている千亜希だ。

「え？　この中にマスターの座を目指さない人、いる？」

「分かった、やるから」

かくして、僕たちはレトロゲームに興じるのだった。

僕から見て正面に千亜希、左右に悠乃と翔という配置で、小机を囲んで座る。

「で、ゆーは引っ越した後どうだった？」

「どうって？」

「引っ越し先はどんなとこで、なにしてたのか、とかだよ」

買ってきたお菓子を口に放り込みながら、翔が悠乃に報告を求めた。

「えっと、とりあえず引っ越した先は広島ね。結構、山奥の田舎な感じで……」

クッションの上に正座している悠乃は、斜め上を眺めるように故郷を振り返る。

「田舎？　ここいら《ここいら》よりもか？」

翔の言う時小海は、都会とも田舎とも言えない閑静な住宅街だ。

「そりゃもう、学校は小中高で一つずつ、方言もちょっと強めだったなー」

どうやら悠乃《ゆの》は、結構な田舎で暮らしていたようだ。

「方言っていうと、広島弁か……つい任侠《にんきょう》映画のイメージが先に出るな」

僕の中で、仁義なさげな広島弁と、悠乃の見た目が一致しない。

「喋《しゃべ》ってみてとか無しよ？　こっちに来てから必死にアップデート中なんだから」

僕の視線を勘違いしてか、悠乃が先手を打って断る。少し圧のある笑顔だ。

「じゃあ……そうだ、部活はなにしてた？」

「ゆーちゃん運動神経よかったから、スポーツ系？」

僕の質問に、サイコロを振った千亜希《ちあき》が続く。

「中学はバドミントン、引っ越す前はこっちで地域クラブやってたし。たしか誠治《せいじ》くんも通ってたよね？」

「ああ、あったな。僕は中学になってから辞めちゃったけど」

ちょっとしたお稽古のつもりで通っていたバドミントンスクール。この場の面々では、僕と悠乃だけの思い出だ。

「ゆーちゃん背が高いから強そうだね。高校でもやってたの？」

「んー、いまはやってないけど……」

千亜希の言葉に、悠乃は言葉を濁す。

「それは、健康上の理由で？」

理由を聞いてみると、悠乃は目を瞬いた。

ここなら教室ほど衆目もないし、探ってもいいだろう。

今後、悠乃と親しくする上で、二度目の救急車を呼ぶかもしれないからだ。

「……今朝から感じてたけど、もしかして私、病弱な子だと思われてる？」

「え？　違うのか？」

さっきの妙な間は、病気になったのを隠す意図かと思ったが……

「そりゃあ、手術で遅れてきた転校生って聞いたらなあ」

「救急車の件も誠治くんから聞いてたし、割と大半のクラスメイトがそう思ってるかも」

翔《かける》と千亜希が証言を追加する。

すると、悠乃は口の端をぴくぴくと動かし、頬《ほお》に冷や汗を伝わせた。

「……ごめんなさい、全然そんなことないんです。ほんと、ちょっとした手術なんです」

「いや、そんな申し訳なさそうな顔しなくても」

いたたまれない様子の悠乃を落ち着かせていると、翔が口を開く。

「ははーん、さてはあれか？　痔《じ》とか泌尿器とかか？」

「ショウくんお黙り！　コーラでも一気飲みしてて！」

無神経の手本みたいな発言をした翔が、千亜希の怒りを買っていた。

「……もうちょうです」

顔を赤くした悠乃《ゆの》から、蚊の鳴くような声が聞こえた。

「盲腸です、ただの盲腸。ちょっと手術したら治るだけの、あの盲腸です」

正式名称、虫垂炎。猛烈な腹痛に襲われるというあれだ。

「盲腸ぉ？　あれって暴飲暴食してるオッサンがなるやつじゃねぇの？」

翔《かける》のイメージには同意するが、むしろ若者ほど発症率が高い病気だそうだ。

「はい、そうです。野菜嫌いを治さずに脂っこいものばかりドカ食いしてたら盲腸やったオッサン系女子です……始業式の日に発症して入院しました」

悠乃の白状を聞いた僕たちは、呆気《あっけ》にとられて顔を見合わせた。

「あっ、ゆーちゃんもしかして、あのお弁当も？」

「手術してから、お母さんが食生活に厳しくなって、腸内環境にいいものを片っ端から」

千亜希《ちあき》が言うには、悠乃のお弁当は病院食さながらだったという。

「内臓を痛めたってそういうことか……」

僕が脱力すると、悠乃は涙目で小さくなっていく。

「なんか臓器の移植とか必要じゃなくてごめんなさい……心臓の疾患で余命を宣告されてなくてすみません……田舎じゃ風邪も引かない体力バカやってました。食生活を見直したいまは健康優良児ですぅ」

「ああいや、悠乃が悪いわけじゃ。というか、なんで隠してたんだ？」

「誠治《せいじ》くん。ほら、盲腸って、その……」

涙目になった悠乃にあせっていると、千亜希が何か伝えようとして言葉に詰まる。

代わりに気付いたのは翔だった。

「あー、そういや便秘が原因でも盲腸になるって、健康番組で聞いたことあるな。それと盲腸っつったらあれだ、手術後にオナラするまで退院させてもらえないんだろ？」

「はい2リットル、ぐぐっと飲み干してね？」

「え、マジでやんの？」

悠乃が真っ赤な顔を手で覆い隠し、翔は千亜希にコーラを出されて青ざめる。

「っぷ」

その絵面がおかしくて、思わず噴き出した。

「誠治くんっ、笑わないの！」

「はっはっはっは、そりゃ教室では言えねぇよな！」

僕が我慢しても翔が笑い出し、釣られた僕も堪えきれなくなる。

「じゃけぇ言《ゆ》わんかったのに――っ！」

顔を上げた悠乃が、慌てて口元を押さえる。

どうやら、咄嗟《とっさ》に方言が出てしまったらしい。

「アップデートが中断されたみたいだな」

「えー、でも可愛《かわい》いよ？」

僕と千亜希《ちあき》の感想を聞くと、悠乃《ゆの》は床を睨《にら》むように視線を逸《そ》らした。

よほど恥ずかしかったのか、顔の赤さが耳にまで届きそうだ。

やがて悠乃は、我慢の限界を迎えて――


「っ、もぉぉ！　みんな意地悪っ！　せっかく転校したけぇ、田舎者じゃ思われんようにキャラ作っとったのにぃ！」


爆発した。

僕も、千亜希も、翔《かける》も、一瞬だけ驚いて、また笑い出す。

かんしゃくを起こすような怒り方と、台詞《せりふ》の子供っぽさ。

その様子が、あまりにも、幼い頃に何度も見た『ゆーちゃん』だったから。

月日を経て変化はしても、僕たちの知る彼女は、消えてなんかいなかったのだ。

「そうか、そういう計画だったんだな」

「ゆーちゃん、なんだかおかしいと思ったら……」

「あー、田舎娘を卒業して都会もんになろうって算段だったのか。脆《もろ》いメッキだったな」

僕も千亜希も翔も、色々なことに得心がいった。

「だって……普通思わんじゃん。転校先の教室にみんなが勢揃《せいぞろ》いしとるのぉんてぇ」

悠乃が頭を抱えて、今朝からのことを振り返る。

「セージやちぃちゃんが声かけてくれんさったときもう嬉《うれ》しさでメッキ剥《は》がれる寸前じゃったし。ショウとか顔が昔のまんまだけぇ感覚が子供返りしそうになるし。気ぃ付いたら難病を患《わずろ》うとったみたいな扱いになるし！」

悠乃の、僕たちに対する呼び方が変化していた。

千亜希の『ちぃちゃん』はそのままだが、僕は『セージ』で翔は『ショウ』と、以前のあだ名呼びに戻っている。

「もう私《うち》の転校計画、初日から綱渡りよ？　隙あらば表に出ようとする方言と昔の血を抑《おさ》えこみながら、どうにか病名を明かさず病弱疑惑を解こうとしとった苦労が分かる？」

テーブルに突っ伏して涙する悠乃。

どうやら僕たちとの再会は、悠乃の転校デビュー計画を狂わせてしまったようだ。

「もう、ゆーちゃんってば、普段通りでよかったのに」

千亜希は楽しそうに悠乃の頭を撫《な》でている。

「体験談も込みで言うと、いきなり素の自分と違うことしても上手《うま》くいかないぞ」

中学時代、何を血迷ってか生徒会長をやってしまった僕の切実な助言だ。

「だいたい無理があんだよ、あのガキ大将だったゆーが線の細い薄幸美少女とか。むしろドカ食いで腹壊して屁《へ》こいてる方がオレらの知ってるゆーらしい――」

「たいがいにせぇよ？」

「いや待てっ、あれだっ、守りに入るのがらしくねぇって言いたかったんだ！」

額に血管を浮かせた悠乃《ゆの》が笑顔で脅すと、翔《かける》は暴言を撤回した。

取り戻したガキ大将の貫禄《かんろく》に広島弁が加わり、迫力が増している。

「でも、そっか。うん、初日で分かってよかったかも――」

悠乃はコホンと咳《せき》払いして、口調を整える。すると、翔の前にあったコーラのボトルを手に取り、グラスにどばどばと注ぐと、酒豪のように音を立てて飲み干した。喉が強い。

「っぷは！」

悠乃が大きく息を吐くと、その雰囲気が一変した。

足を崩し、背筋を軽く曲げ、声音や表情から作為が消えていく。

「優等生、やーめた」

顔の横に上げた手でサイコロを踊らせながら、彼女は悪童の笑みを浮かべるのだった。

かくして――僕たちの『ゆーちゃん』が帰ってきた。

「おうおうネズミ野郎、アニメに大抜擢《だいばってき》されてからずっと看板気取りだったじゃねぇか」

「やだなー、トカゲさんこそ離脱後もしぶとく大御所を気取ってたじゃないですかー」

尾の燃える恐竜を代弁する翔に、発電ネズミを代弁しながらバトルをしていれば、

「はい、進化上手な襟巻きウサギちゃんも台頭しましたよー」

「ここでダークホース、最終形態オバケの登場だ」

千亜希《ちあき》がそんな二人を追い越し、僕は僕で着実に駒を進めて、大作の歴史を振り返る。

「――え、ゆーちゃんそのお化粧、転校する前に覚えたの？」

「うん。前にいた高校が厳しめだった上に、私《うち》も体育会系だったから。都会に転校するに当たって、そろそろお洒落《しゃれ》してもバチは当たらないかなーって」

「じゃあ今度一緒にお店行こうよっ。ちょっと一人だと敷居の高いお店があって――」

話題はいつの間にか変わり、千亜希と化粧の話題で盛り上がったかと思えば、

「つーか、盲腸の痛みってどんなもん？」

「んー、前日の夜から鳩尾《みぞおち》に違和感あって、朝起きたら脇腹を刺されてたみたいな？」

翔が盲腸の体感について尋ねて、悠乃もいまさら恥じずに語って聞かせる。

呆《あき》れるのは、救急車を呼んだ僕だ。

「その時点で病院に行くべきだろ。悪化させると命にも関わるらしいぞ？」

「いやー、転校初日で緊張してるせいだと思って、気合いで我慢しちゃった」

ケラケラと笑う悠乃だった。この脳筋が病弱だと案じていた時間を返してほしい。

時計の長針が進む。

針が一周してもいないのに、一緒に過ごせなかった数年間が、瞬く間に埋まっていく。

「──そういえば、セージはどうしてセージなんだっけ？」

ゲームの途中、悠乃《ゆの》が妙なことを言い出した。

「なんだ急に、僕はロミオじゃないぞ？」

「いや、私《うち》もジュリエットがしたいわけじゃなくてね」

ポテチの残りを口へ流し込む悠乃に、バルコニーで悲恋を嘆く令嬢の役は向いてない。

「あだ名よ、あだ名。私《うち》は『ゆー』か『ゆーちゃん』、翔《かける》は名前を音読みして『ショウ』、ちぃちゃんは千亜希《ちあき》だから『ちぃ』か『ちぃちゃん』──なのにセージだけそのままなのは、なんでだっけ？　いまふと気になって」

何が言いたいのかと思ったら、あだ名の話をしていたようだ。

「あだ名か」

あだ名──昔を思い出すと付箋《ふせん》のように現れる、呼んで呼ばれたニックネーム。

単に名前を略したものから、なぜそうなったのか分からないものまで、人それぞれ。

近頃の小学校はイジメ防止で禁止する向きもあるが、僕たちの間では呼び合っていた。

「そういえば、なんでハーブみたいな呼ばれ方してるんだろうな？」

「単に発音を崩しただけじゃね？」

僕は記憶を振り返り、翔は適当に推測する。

「私、覚えてるよ？」

そこで千亜希が、なぜか得意気《とくいげ》に手を挙げた。

幼馴染《おさななじみ》が四人もいると、誰かが忘れていても誰かが覚えているものらしい。

「カードゲームしてたの覚えてる？　キッズ向けの漫画が原作の、召喚獣で戦うやつ」

カードゲームという意外な単語が出てきた。

「男子たちの間で一時《いっとき》だけ流行《はや》ったあれでしょ？」

千亜希の言葉が呼び水となり、悠乃も思い出してきたらしい。

「あー『シャーマン』とか『ウィッチ』とか魔法使い系のジョブを選択して、それぞれのデッキでバトルするやつだっけ？」

翔に先を越された。

そういう漫画とカードがあったのは覚えてるが、あだ名に結びつかない。

「そうそう。それで、誠治《せいじ》くんの使ってたデッキが『セージ』だったの。賢者って意味のセージね。名前と同じだからって、そればっかり極めようとして。だからセージくん」

「……それだ」

Ｓｅｉｊｉ《せいじ》だからｓａｇｅ《セージ》……それが僕のあだ名だったのか。

いままでずっと『賢者』と呼ばせてきたかと思うと、急に恥ずかしくなってくる。

「オレは覚えてるぞ？　お前あの頃は勉強できるのが自慢の成績マウント小僧だったろ？　あいう頭使う勝負ではとことん負けず嫌いだったんだよ」

ぐっ！　と、僕は翔《かける》の追及で息が詰まる。

「そうそう、いっつもテストの高得点を自慢しちゃうところあったよね、誠治《せいじ》くん」

ぐは！　と、千亜希《ちあき》の追い討ちに胸を打たれた。

「そうだった。私《うち》も通知表を片手に勝ち誇った顔されたのよーく覚えてる」

ぐおおお……と、悠乃《ゆの》の証言で慚愧《ざんき》の念に襲われ、頭を抱える。

ああ覚えてる、覚えているとも。周りをバカばっかりだと思ってた当時の自分を！

「落ち込むなセージ。いま検索したけどｓａｇｅって『かしこぶった奴《やつ》』って意味もあるらしいぞセージ。正にお前のことだセージ。こりゃあ言霊ってやつだなぁ、セ・ぇ・ジ♪」

「いま僕をその名で呼ぶな……っ！」

翔に肩を叩《たた》かれる。この幼馴染《おさななじみ》どもめ――それなら僕にも考えがあるぞ。

「僕も思い出してきたぞ。例えばショウは、高学年になっても『浣腸《かんちょう》』を止《や》めない悪ガキだった。授業参観の日に担任の女教師を奇襲したときはこいつアホだと思った」

「バカ蒸し返すなっ、あれ母親にクラスメイトの前で泣くまで叱られたんだぞ！」

知らない人もいるだろうか、指を忍者みたいに構えて尻を狙うアレだ。

悠乃と千亜希が白い目で翔を見ているが、お前らの話もちゃんとあるんだぞ。

「千亜希はあれだな、国語の授業の『本読み』を熱演するタイプだったな」

「ちょ、誠治くん!?　そんな当人が忘れていたことをっ」

小学時代、授業で教科書のお話を朗読会したことはあるだろうか？

他の子が棒読みする中、たまに『なりきってるやつ』がいなかっただろうか。

「若い男の先生が高得点をくれるからって、周りとの温度差も構わず迫真の演技を――」

「はいあーんポッキー美味《おい》しいよっ！」

千亜希が赤い顔で、僕の口にチョコポッキーを突き刺した。

それを噛《か》んで折りつつ、最後の標的である悠乃に顔を向ける。

「悠乃――僕はあの夏休みの日、背後から駆け寄ってきたお前に生きた蝉《せみ》をズボンの中へ突っ込まれたことを忘れていない」

「…………うわ、それ私《うち》がやったやつだ！　私《うち》ひどい！」

自分で言っておいてなんだが、闇に葬りたい出来事だった。

「っぷ、ごめん、あれは本当に……ぷっくくく……っ」

「ここで思い出し笑いとはいい度胸だな」

「だってあのとき……っ、必死にズボンを下ろしたセージが、お尻をこっちに向けながら転んで……真っ白なブリーフの真ん中で、ミンミンゼミが……みーんって……っ！」

幼い僕の醜態を思い出してか、悠乃どころか千亜希と翔まで噴き出した。

「ああそうだった、そんな僕を見てお前ら爆笑してたんだよな」

「ごめんって。もうやめよ？　何が飛び出すか分からんよ」

悠乃《ゆの》が降参の意を示すと、千亜希《ちあき》や翔《かける》も頷《うなず》く。

「幼馴染《おさななじみ》が昔のことを暴露し合ったら、共倒れ間違いなしだよね」

「全員が滅ぶだけの核戦争だよな」

「まあ一通りの反撃も済んだし、このくらいで許してやるか」

物語では重要なピースになりがちな『幼い頃の思い出』も、現実ではこんなもの。

ただ昔を懐かしむだけの、何も生み出さない雑談だ。

悠乃との間にあったぎこちなさが完全に解消されたこと以外は——何もなかった。


「あー遊んだ遊んだぁ。こういうのって高校生になっても楽しめるものなんだねー」

悠乃が腕を上げて体を伸ばした。形のいい胸が浮いていたので目を逸《そ》らす。

「あ、ごめんね誠治《せいじ》くん、部屋を散らかしちゃって」

「いいよ、汚したわけじゃないし」

殺風景だったはずの僕の部屋は、いまやお菓子の空き袋や飲み干したペットボトルに、ボードゲームやカードゲームが散らばっていた。

なんてざまだ、まるでお片付けできない子供の部屋じゃないか。

「今日はお開きだな。まだ話し足りねぇけど」

「話なら学校でもできるし、また折を見て集まればいいさ」

時計を見て惜しむ翔《かける》に、僕は体をほぐしながら言う。

また集まる――自然と口をついた僕の言葉に、誰も異論は唱えなかった。

「ただいまー」

一通りの片付けを済ませて部屋を出ると、玄関から聞こえる声。

外出していた僕の母――相影真奈美《あいかげまなみ》が、ちょうど帰宅したところだった。

「あら、ショウくんにちぃちゃんじゃない！　遊びに来てたの？」

母は、出迎えた息子よりも、その後ろにいた翔や千亜希《ちあき》に目を輝かせた。

「おじゃましてます、真奈美さん」

「どもーっす」

幼い頃から知っている二人が気軽に答える。

千亜希が母を名前で呼んだのは、子供の頃に母が「真奈美さんって呼んで？」と言い含めたからだ。きっと『おばさん』と呼ばれたくなかったのだろう、図々《ずうずう》しい。

「やだもー二人とも大きくなったねぇ。それと――」

「あ、お久しぶりです」

母の注目を受けて悠乃《ゆの》が会釈すると、母は悠乃の顔をしばらく見て、ハッとする。

「もしかしてゆーちゃん？　うそぉ！　こんなに綺麗《きれい》になっちゃって！」

驚いたことに、母は一目で悠乃を悠乃と見抜いた。

すっかり成長した現在の悠乃でも、見れば気付くものらしい。

「はい、ご無沙汰してます……っていうか、真奈美さん？　若い……」

「やーねーこんなおばちゃん掴《つか》まえて。もう帰っちゃうの？　それならちょっと待って、ちょうど遠出してきてお土産があるから」

見れば、スーツ姿の母は片手に土産の包みを持っていた。

僕たちを待たせて包みを開くと、中身を悠乃・千亜希・翔の三人分に分けていく。

「お待たせー、適当な紙袋で悪いけど三人とも持っていって？　特にゆーちゃんはママによろしく伝えてくれる？　後で電話するからって。番号変わってないといいけど」

「あ、はい、ありがとうございますっ」

僕たちが幼馴染《おさななじみ》であったように、親同士も多少の面識はある。

悠乃が戻ってきたのなら親御さんも来ているだろうし、母も旧交を温めたいのだろう。

「誠治《せいじ》、あんた送っていきなさい？」

「そのつもりだよ。見送りはいいから休んでろ」

家の立地的に、悠乃の住むマンションが最も遠くなり、千亜希や翔と別れた後に一人で夜道を歩くことになる。近くまで送った方が紳士的だろう。

「真奈美《まなみ》さん相変わらずだなー、活力あるっつーか」

家を出た後、翔《かける》が感心した様子で振り返る。

「誠治《せいじ》くん、『休んでろ』って言ってたけど、真奈美さん具合でも悪いの？」

「いや、遠出してきて疲れてるだろうからって意味だよ」

「あ、優しいんだー」

千亜希《ちあき》の質問に答えると、悠乃《ゆの》が横から揶揄《やゆ》するように覗《のぞ》き込んできた。

「まだ夜は寒いな、さっさと行こう」

こういうのは反応すると余計にからかわれるので、率先して歩き出すのだった。

○

まず翔と道を分かれ、次に千亜希を家の前まで送り届けると、僕と悠乃だけになった。

「え？　じゃあ、あの幼稚園ってもう無いの!?」

「無いっていうか移転されたんだ。いまは空き地になってるらしい」

「うわー、そうなんだ……あ、ほら！　あの大手スーパーがあるところ、前は田んぼじゃなかった？　みんなでオタマジャクシを乱獲してた」

「ああそっか、前は田んぼだったっけ……」

悠乃の語る変化はとめどない。

ここにマンションなんてなかった。

この道の舗装はこんなにお洒落《しやれ》じゃなかった。

駄菓子屋が無くなっている、ここは空き家だった、虫取りした林が新築の民家に。

ずっと住んでいた僕が忘れた景色を、五年半ぶりの悠乃が呼び覚ましていく。

「よく覚えてるな」

「むしろなんでセージより私《うち》が覚えてるのよ？」

「なんでだろう……このあたりは滅多《めった》に通らないから、単純に忘れたのかも」

「え？　なんで？　家からそんなに遠くないのに」

「ゆーちゃんの家に行く以外で、ここを通る理由がなかったんだよ」

「あ、そっか。そういうこともあるんだ……」

驚いたことに、自宅から歩いて十数分ほどの道さえ、数年も踏んでいなかった。

こういう、生活の動線から外れた『死角』みたいな場所は、他にもたくさんある。

いつしか行かなくなった友達の家への道のりとか、卒業した学校への通学路とか。

自転車に乗るようになって行動圏が広がり、逆に歩かなくなった近所の路地とか。

その道を歩かなくなるにつれて、その道で誰と何をしたのかも思い出せなくなる。

大人になって車を運転するようになったら、そういう死角がもっと増えるのだろうか。

「あれ？　ところでいま『ゆーちゃん』って言った？」

感傷に浸っていた僕は、悠乃《ゆの》の指摘で不覚を悟る。

「……言ってない」

「いやいや、たしかに聞いたから。別にいいのに」

むしろなんで呼びたがらないのかと首を傾《かし》げていた悠乃は、ニヤリと笑う。

「もしかして、子供っぽく見られたくないから？　口調が堅物っぽいのもそのため？」

その瞬間、僕の顔はさぞかし雄弁に『図星です』と語っていたことだろう。

「……昔はともかく、いまはそういうキャラで通ってるんだよ」

小学校の委員長と高校の委員長では、求められる風格が違う——と思う。

そのために気を張ってきたら、いつの間にか、自分で形成した印象に縛られる人間となってしまった。

しかも、他の対人関係スタイルを築いてなかったせいで、いまさら変えられない。

翔《かける》が言うに、僕は『そういう種類のバカ』なのだそうだ。

「昔はともかく、かぁ」

「どうした？」

「いや、子供の頃とは違うんだなーって」

悠乃はどこか不満そうな目を向けてきた。

「僕、そんなに変わったか？」

「変わった。とにかく背が伸びた。頭《ず》が高い、けしからん」

「いや、けしからんって言われても……」

「あと性格、前はもっとオドオド気味だった」

「いまもそんなに変わってないつもりだけど？」

「変わってますー。今日の親睦会みたいに堂々とした感じじゃなかった」

あれが堂々としているように見えたんだろうか？　やらされ慣れただけなのに。

「なんか、ずるい……セージのくせに」

「なんで？」

悠乃は口を尖《とが》らせていた。

男には未知なる乙女心の働きだろうか？　ちょっと可愛《かわい》いけど、意味は分からない。

「なんていうか、全体的に、大人になった」

大人になった――悠乃の口にした評価は、褒め言葉と取っていいのだろうか。

見た目も性格も、ランドセルを背負っていた頃よりは大人だろう。

高校生男子の端くれとして、男ぶりを上げる試みも色々してきた。大半は失敗に終わったけど、そのうち幾つかが実を結んだならいいことだ。

ただ、悠乃の言いたいことは、そうじゃない気がする。

何気《なにげ》なく悠乃《ゆの》を見て、僕は『大人になった』の真意に気付く。

（ああ、そっか……）

「悠乃も、大人になったと思うぞ？」

「へ？　どこが？」

「今朝なんかは、すっかり一人前の女子高生って感じで、変に緊張させられた」

「そ、そりゃ見た目に気を遣ってはいるけど、性根は昔と変わらないっていうか……」

悠乃が僕の台詞《せりふ》に戸惑っている。

ああ、さっきまでの僕はこんな顔してたんだろうな。

「それだよ。僕も変わってないんだ」

大人になったという台詞の真意はそういうことだ。

子供の頃とは違うから、あの頃と同じではいけないのではないか——だ。

「久しぶりすぎて勝手が違うのは『お互いさま』ってことだよ」

きっと、悠乃も僕と同じだったんだろう。

昔と同じ感覚ではいけない、かといって初対面のようでもいけない。

そんなことを悩みながら、手探りで、相手の顔色を窺《うかが》っていたんだろう。

こうして向き合ってみれば簡単に解消されることを、何を怖がってか慎重に。

だとしたら僕たちは、なんてバカな遠慮をしていたんだろう。

「へー」

「……なんだよ、その、ニマニマした変な笑い方」

「いやー、セージってば私《うち》と話してて緊張してたんだなーって」

「その精神的な優位に立ったような顔、どうしてか腹が立つな」

ガキ大将の血がそうさせるのか、優位なところを見付けた途端に得意顔だ。

「あ、ここまででいいよ？　ごめんね遠くまで」

「ああ、おばさんにもよろしく」

「わかった。じゃ、またね」

「また明日」

僕は悠乃に別れを告げて、きびすを返す。

またね、また明日――本当に五年半ぶりなのかと疑うくらい、あっさり口にできた。

（……少し、散歩して帰るかな）

子供の頃のように、軽々しく手は繋《つな》げなくなった。

けれど、手を通じて繋がっていたものが、また繋がった気がした。

――家に帰り、部屋に戻る。

目に入ったのは、例のモンスターのボードゲームだ。

（これ、処分しようかと思ってたけど……）
こんな紙細工に等しいオモチャ、二度と出番なんてないだろう。
だが、もしこれを手放したら、十年後に今日のことを思い出せるだろうか？
（……もうちょっとだけ寝かせておくか）
言い訳みたいに考えながら、ボードゲームを押し入れに片付けた。
その後はざっと部屋の掃除をして、風呂に入り、また部屋に戻る。
スマホから着信音がしたのは、そのときだった。
『朝陽悠乃《あさひゆの》』
画面には、今日登録したばかりの名前があった。
「お待たせ、誠治《せいじ》だけど」
応答するも、悠乃の声がない。
もう一度「もしもし？」と呼んでみると、返事が来た。
——後になって振り返ると、僕はさっきまで、とても楽しんでいたんだろう。

『セージ…………転校するって、本当？』

悠乃から聞くまで、その事実を忘れていたのだから。

◇幕間《まくあい》

どうせ転校するのなら、新しい自分になろうと思った。

それが大失敗に終わり、そもそも必要なかったのだと分かった。

大間違いをしたというのに、なぜだか不思議と気分がいい。

そんな心地で、私は家《うち》へと帰ってきた。

「ただいまー」

「おかえりー。お夕飯いらないって聞いたけど、大丈夫？　なにか作る？」

キッチンから顔を出した母に、靴を脱ぎながら答える。

なお、方言を修正するために、朝陽家では標準語強化週間が続いている。

「いい、親睦会で食べてきたから。それよりこれ、相影《あいかげ》さんから」

「相影さん？　……もしかして、真奈美《まなみ》ちゃんのこと？　誠治くんとこの」

母は『相影』と名字を聞いただけで、誠治のことまで思い出したようだ。

世のお母さんというものは、我が子の友人を、当人よりも覚えているものらしい。

「そう、セージの家に寄ってたの。ちぃちゃんとかショウとかと一緒に」

「あら、よかったねぇ！　覚えとってくれて」

「うん」

強化週間も忘れて喜ぶ母に、肯定を返す。

「あと、前に救急車を呼んでぐれたのもセージだったみたい。ああそれと、真奈美《まなみ》さんが『後で電話するから』って」

「あら偶然っ。お礼言わなきゃ。こっちからかけちゃお」

母は奇遇に目を丸くすると、スマホを手に取った。

必要な言伝《ことづて》は済んだので、自室に荷物を放り捨てて、洗面台で化粧を落とす。

手先の不器用で最低限しかしていないため、洗い落とすのも早い。

「そう、主人の転勤でね。一人じゃなんもできない人だから。真奈美ちゃんは――」

部屋に戻る途中、真奈美さんと電話しているらしい母の声が聞こえた。

「え？　嘘《うそ》、ごめんなさい私ったら――」

なにやら母のトーンが変わったが、盗み聞きもよくないので、そのまま部屋へ。

そして部屋で制服から着替える。

袖を通したのは、部屋着ではなく運動着だった。

「ウォーキング行ってくる」

電話中の母に声だけかけてマンションを出た後、髪をヘアゴムでまとめる。

ロードワークは、時小海《ときおみ》に引っ越してくる前からの日課で趣味だ。

いまは退院したばかりなので、歩くだけにしている。

夜が深まる前に切り上げて戻ると、リビングでは母が電話を終えていた。

「悠乃《ゆの》。今日の誠治《せいじ》くん、どんな感じだった？」

「え？」

冷蔵庫からスポーツドリンクを取り出していると、母がなぜか誠治の名前を出した。

娘の交友関係に興味を抱いた声ではないし、千亜希《ちあき》や翔《かける》ではなく誠治を名指しだ。

「セージ？　まあ、相変わらず真面目だったけど……」

「そう、大丈夫ならいいんだけど」

「セージがどうかしたの？」

なぜ母が誠治のことを心配しているのか分からず、問いかける。

母は「知らなかったのか」といった顔をすると、少し言いにくそうに——

「真奈美《まなみ》ちゃんと誠治くん、来月には引っ越すんですって」

しばらく、表情と言葉を失った。

母が心配した様子で声をかけるくらいには、長く。

誠治のスマホに電話をかけたのは、それから十分後のことだった。

◇第三話　四月十三日、あと23日・夜

改めて言おう——転校という言葉は、なぜか特別だ。

この場合は悠乃《ゆの》のような『転入』ではなく、その逆、旅立つ方の転校だ。

やれ電車の窓から外を見たらクラスメイトが総出で走って見送りにきたとか、やれ転校それ自体を阻止するために奮闘するとか。三日と離れられないバカップルみたいに騒ぐ。

スマホがなかった時代の人間には、距離の重みが違ったのだろう。

逆に言えば、僕たち現代っ子はそうじゃない。

電話やメールはもちろん、SNSなどを使えば、相手の生活をある程度は共有できる。

オンライン設備が充実していれば、一緒にゲームもできるし映画も観《み》られる。

だから転校なんて、別に大騒ぎするようなことじゃない。

そう思えていたのは——いざ自分が当事者になるまでだった。

「内緒にしておいてくれ」

悠乃の電話を受けた僕は、転校するのかという問いに、少し間を置いてから答えた。

『…………』

　電話越しに届く悠乃の沈黙。

　理由を問い質《と　ただ》されるかと構えていたが、耐えきれなくなって逆に尋ねる。

「というか、悠乃はどこで聞いたんだ？　担任にも口止めしたんだけどな」

『お母さん。真奈美《まなみ》さんから聞いたって』

「そっちか。まあ、ママ友にも言うななんて言えないよな」

『……どうして？』

　なぜ転校するのか、なぜ言わなかったのか、なぜ内緒にさせるのか――どれとも取れる質問だった。

「あー、なんというか……突発的な家庭の事情というか」

　眼鏡のブリッジを指で上げながら、言い訳めいたことを口にする。

「とにかく、もうしばらく秘密にしておいてほしいんだ。理由もちゃんと話す」

　こうなった以上、悠乃には詳しい事情を明かすべきだろう。

　むしろ『転校生』としては先輩になる悠乃なら、旅立つ者の機微を分かってくれるかもしれない。相談相手としては頼もしい。

『…………』

　しかし悠乃は再び沈黙、顔が見えないことがもどかしい。

『ごめん、私《うち》、やっちゃったかも……』

「え？　やっちゃったって」

聞いている間にも、嫌な予感が走っていた。

『お母さんから引っ越すって聞いた後、いま電話する前に、勘違いだといけないから確認したの。その……ちぃちゃんに』

血の気《け》が引いた。

『それで、ちぃちゃんも、すごく驚いて……』

千亜希《ちあき》に確認したと。「セージが引っ越すって聞いたけど本当？」と尋ねたと。

『そしたらちぃちゃん、押し黙っちゃって、その後、電話も切られちゃったから……』

仕方なく僕に直接電話で聞くことにしたらしい。

「それは……まずいな……」

一番隠しておきたかった相手に、バレてしまった。

「僕……ただじゃ済まないかもしれない……」

『えっ、どういうこと？　なんか怖いんだけど!?』

悠乃《ゆの》も不穏な気配を感じたようだ。

どうしようかと、対処法を模索していると、
ぴん、ぽーん――と、家の呼び鈴が鳴らされた。

電話越しに悠乃も聞いたようだ。息を呑《の》む気配がする。

まるで、ホラー映画か何かのようだと。

「……後でかけ直す」

僕はスマホを耳から離して、『ちょっと、セージ！』と呼ぶ悠乃との通話を切った。

ぴん、ぽーん……と、急《せ》かすように、再びの呼び鈴。

連打というほどではないが、帰る気はないぞという意思を感じる。

「僕が出るよ」

自室から顔を覗《のぞ》かせていた母を下がらせて、僕は玄関口に到着した。

意識して呼吸を整えながら、扉を開いていく。

――怨霊《おんりょう》みたいな目をした千亜希の顔が、開いた扉の隙間から見えた。

「っ!?」

しゃっくりのような悲鳴を上げた僕は、反射的に扉を閉めようとした。

すると千亜希の手が別の生き物のように動き、扉の縁を掴《つか》んで止める。

「せいじくん」

「はい」

軋《きし》む音を立てて扉が開き、千亜希の全貌が現れた。

スウェットとスキニーパンツという簡素な格好《かっこう》だった。

「おはなしがあります」

「中へどうぞ」

感情の読めない目と、表情の消えた顔に、逆らう気は起きなかった。

すっかり暗くなった時間に部屋で二人というのもあれなので、リビングにお通しする。

「お、お茶でも」

「お構いなく」

千亜希《ちあき》はリビングのソファーを指さした。

僕は浮気がバレた夫のような気分で腰を降ろし、無表情な千亜希が対面に座る。

「ごめん。言うのが遅くなった」

軽く頭を下げると、こわばっていた千亜希の肩が、諦めるように力を抜いた。

「引っ越し……転校、するの？」

「ああ」

「……いつ？」

「あと一ヶ月くらい。来月の、GW半ばには」

「…………三週間、だよ」

壁のカレンダーを一瞥《いちべつ》すると、引っ越し予定日まで三週間ほどだった。

そうか、言えずにいたら週を跨《また》いで、いつの間にか残り三週間になっていたのか。

「聞いて、ないよ……」

「ごめん」

いま言ったんだから聞いてないのは当たり前だ――なんて口走るほどバカじゃない。

「聞いてない、聞いてない！」

千亜希は同じ言葉を、今度は強い声量で繰り返した。

僕は気圧《けお》されるまま、縋《すが》るような顔をした千亜希と目を合わせる。

「だって……これから、なのに……」

千亜希の目端に涙が浮かぶ。

「新学期になって……ゆーちゃんも戻ってきて……私も……これからきっと、いい感じになるって思ったのに……なんで、今日なの？」

千亜希の言葉は断片的になっていたが、何を言いたいのかは、よく分かる。

実際、今日は幸先《さいさき》の良い一日だった。

転校した幼馴染《おさななじみ》が戻ってくるという劇的な朝に始まり、クラスメイトたちとの親睦会も好感触で、悠乃《ゆの》と昔のように打ち解けられた。

二年目の高校生活が楽しくなる――そんな予感を抱くことができた。

なのに、今度は僕が転校するという。

乗せて落とすとでも言うのか、誰が企図したわけでもないのに、弄《もてあそ》ばれる気分だった。

「どう、して？」

気持ちの整理を付けていたのか、長い間を置いてから、千亜希《ちあき》が問う。

どうやら千亜希に伝わったのは、『転校する』という部分だけのようだ。

「それは……」

説明すべきかどうか迷っていると、千亜希がふと顔を上げて、僕の背後を見た。

「お取り込み中だけど、私もいいかな？」

リビングの入り口に、母の姿があった。

スーツから簡素な部屋着に着替えていた母は、微苦笑しながら頬《ほお》を指で掻《か》いている。

「あ、えっと、またお邪魔してます……」

千亜希も急な保護者の登場で冷却されたのか、気まずそうに姿勢を正す。

「母さん、悪いけどいまは……」

「ダメよ。若い子の大事な話に親が首突っ込んで悪いけど、引っ越しのことなら私だって当事者だもの。むしろ原因を作った身としては、ちゃんと説明するのが筋でしょ？」

母は僕を黙らせ、気さくな口調で交ざってくる。

そのまま場の空気を握ると、手早く全員分のお茶を入れて、ソファーに腰を下ろした。

「真奈美《まなみ》さん……原因って？」

少しは落ち着きを取り戻してか、千亜希が改めて問いかける。

「うん、まあ簡単に言うと――」

母はカップを置くと、千亜希に向き合う。

「デキちゃった☆」

千亜希の目が、漫画みたくまん丸になった。

僕はといえば、自分で頭をコツンと叩《たた》く母の姿に、全《すべ》ての気力を奪われている。

「で……え？　えぇぇぇ!?」

軽くお腹《なか》を撫《な》でる母に、千亜希が口元を押さえながら腰を浮かす。

「端折《はしよ》りすぎだろ……」

「あら、結論から言うのは大事よ？」

母の説明不足を咎《とが》めるも、ぬけぬけと返された。

「デキたって……真奈美さんそれ……赤、ちゃん？」

「そ。なんか今月は遅れてるなーって思ってたらオェェって吐いたの」

そこは端折れよ――と言っていいのかどうか、男の僕には分からない。

「お、おめでとう、ございます……」

家に来たときの怒りもどこへやら、千亜希は目を白黒させながらそう言った。

無理もない。知人に妊娠を報告された高校生が驚きもしなかったら逆に怖い。

「ありがと。まあ、あの人には悪いかとも思ったけどね」

母の言葉を聞いて、千亜希《ちあき》がハッとしてリビングの一角を見る。

視線の先にあったのは、我が家の家族写真――他界した父の写る写真だ。

家の別室に仏壇が置かれてから、もう三年が経《た》つ。

未亡人が再婚を考える月日として、ことさら早いということもないだろう。

「相手は私の地元に住んでる人でねー。あちらも奥さんを亡くしていて、他人事《ひとごと》とは思えずにいたら、いつの間にかよ」

母は事の次第を語り出す。

「本当は、お互いの子供が大人になってから、早くても誠治《せいじ》が高校を卒業するくらいまで待って再婚を切り出す予定だったんだけど……ちょっとコウノトリが飲酒運転をね？」

「なにがコウノトリだ……」

要するに『酔った勢い』だ。僕は怒っていいと思う。

「ふぇ？　じゃあ、誠治くんが妊娠に？　赤ちゃんして、お兄ちゃん産まれるの？」

千亜希は混乱していた。さっきまで真面目に怒っていたところ、驚くほどめでたい理由を聞かされて、感情が向く方向を見失っている。

「ちなみに僕が聞いたのは先週、新学期の日の夜だった」

「あんた面白い顔で箸を落っことしてたもんねー」

ケラケラと笑う母とは対照的に、僕はげんなりした顔をしていただろう。

「まあ、とにかくそうなった以上、取り急ぎ相手の家族と面談したんだ」

この母に説明を任せるのは不安なので、僕が引き継ぐ。

「相手の人も、その連れ子さんも、事情が事情だからえらく恐縮した様子でさ。これもう再婚を認めるか認めないかとかいう問題じゃないだろ？」

ああいう席では、親の再婚で義理のきょうだいになる連れ子同士が対面して、お互いの親がハラハラしながら見守るとか、そういうのが定番だ。

そんなもん二の次だった。

血の繋《つな》がらないきょうだいより先に、血の繋がっている弟か妹が『デキた』のだから。

「今後のために、できるだけ早く一緒に暮らそうってことになったんだ」

いま振り返っても、順当な結論だったと思う。

なにを優先するかと言えば、十月十日《とつきとおか》後にやってくる出産の支度に他ならない。

「私としては二度目だし、こっちで産んで誠治の卒業を待ってからでもよかったのよ？なんなら誠治はこの家で一人暮らしして、卒業してから合流って形でも――」

母の強気な発言を聞いて、千亜希がハッとした。

こちらを見る顔には、活路を見出《みいだ》したような色があったけど……

「駄目だ」

きっぱりと、断言せざるを得なかった。

「まずこっちで産むのはハイリスクだ。一緒に暮らして手助けできる人間が僕くらいしかいない。逆に再婚相手の家は母さんの地元だ。新しい家族に、祖父《じい》さんや祖母《ばあ》さんからもサポートを期待できる。最優先すべきは、お腹《なか》の子だろ」

まだ見ぬ弟か妹のために、そこは妥協してはならない。

「僕が一人暮らしするっていうのは、一度は考えたけど……」

表情を陰《かげ》らせた千亜希《ちあき》に向けて、もう少し言葉を尽くす。

「父親……再婚相手の人は、会って話してみた限り真剣だった。連れ子さんも急なことで驚いただろうに、家族として一緒に暮らそうって言ってくれたんだ——誠意があった」

名前に誠の一字を持つのが密《ひそ》かな信条。なら、相手の誠意も軽んじてはいけない。

「それを、卒業するまで二年間も先送りにするのは、長すぎる」

再婚家庭の関係を親密にするなら、早い方がいい。

母だけでなく僕自身も、人生の変化に対応しなきゃいけない。

その大切な時期に、今後の人生を幸いにするための重大な局面に——

「友達と離れるのが嫌だからって理由だけじゃ、背は向けられない」

そのとき千亜希が見せた表情の変化には、痛みを感じた。

分かっている。動機は誠意だったとしても、傷付ける言葉だ。

お前と一緒にいるより大事なことがある——と、面と向かって言ったのだから。

「大人なんだか未熟者なんだか」

母の複雑そうな呆《あき》れ声は聞き流した。

「とにかく、今日悠乃《ゆの》が転入してきたってのに変な話だけど」

僕は、改めて千亜希に宣言する。

「僕、転校することになった」

「…………」

僕を見る千亜希の表情には見覚えがあった。

昔、引っ越しのため車に乗った悠乃を見送ったときの表情だ。

車が遠くなって、見えなくなって、もう手は届かないのだと痛感したときの顔だった。

「そっか……」

千亜希はやがて苦笑いを浮かべ、諦めたような声音で続ける。

「そういうことなら、仕方ない、よね」

母の妊娠という理由を聞いてしまった以上、引っ越しや転校に異議は挟めなくなった。

ただ、それでもやっぱり、これは『卑怯《ひきょう》』だ。

異論を申し立てたら悪者になってしまうという意味で、これは卑怯だった。

「ごめんね、ちぃちゃん。大人の勝手で」

母も同じ事を思ってか、千亜希に静かな口調で詫《わ》びを入れる。

「謝っちゃダメです」

しかし千亜希《ちあき》は、明確な笑みと強めの口調でそう答えた。

「お相手の方、いい人なんですよね？」

「そりゃもう。息子の人生も懸かってるもの。前の旦那より厳しい目で選んだつもりよ」

「お引っ越しも、新しいご家族と、みんなで幸せになるためなんですよね？」

「ええ、考え抜いた末に決めたの」

真剣に問う千亜希に、母も——息子の僕すら初めて見るような風格で応答する。

「なら、ごめんなんて言っちゃダメです。いまは真奈美《まなみ》さんが一番大事なんですから」

「っ……ありがとう。ちぃちゃん、大人になったね」

励ますような笑顔だった千亜希に、母は涙ぐんで礼を言った。

高校生の男子ごときには計り知れない、女同士の何《なに》かが強く働いているように見えた。

「えっと、じゃあそろそろお暇《いとま》します。すみません、こんな時間に上がり込んで」

千亜希はソファーから立ち上がる。

このまま帰していいのかとは思うが、引き留める理由もない。

「じゃあ、送っていくよ」

「いいよ、すぐそこだもん」

千亜希を追う形で玄関に行くも、家まで送ることは断られる。

「いや、でも――」

「ごめん。続きは、頭を冷やしてからがいい……」

食い下がろうとした僕に、千亜希は背を向けたまま、静かな口調で胸中を伝えた。

触れがたい気配に、僕はその場で立ち尽くす。

「それじゃ、お邪魔しました」

千亜希は僕というより後ろの母に頭を下げると、我が家を出て行った。

「うちの子、一丁前に女を泣かせるようになったのねぇ」

「言ってる場合かよ。どうするかなこれ……思い詰めて悪化されると後が怖いぞ」

母の揶揄《やゆ》を聞き流し、僕は軽く頭を掻《か》いた。

これで関係がこじれて、気まずいまま転校することになるというのは、流石《さすが》に嫌だ。

「たぶん平気よ」

だと言うのに、母は平然とした様子で言う。

僕は責めるような顔で振り返るが、母は予測済みだったような笑みでこう続けた。

「思い詰める前に相談できるお友達なら、ちょうど今日、帰ってきたところでしょ？」

○

『っていうことらしいの』

私《うち》は――千亜希《ちあき》からの電話で、事の次第を聞いていた。

誠治《せいじ》との通話からやきもきしていたところ、ようやく千亜希から電話が来た形だ。

「あー、そういう事情かぁ……」

吐息に同情がにじみ出る。誠治と千亜希の両方に対してだ。

「把握した。話を聞くに転校が決まったの、昨日か一昨日でしょ？」

母親の妊娠が発覚したのが先週末の新学期――つまり、自分を救急車で運んだ日だ。

その後、土日中に相手家族と面談して、転校すると決まった。

こちらが盲腸の手術で慌ただしかった期間中、誠治の方も激動だったのだ。

「普通なら週明けの今日にでも、転校のことを伝えられるはずだったんだよ。でも、私《うち》が転入してきたから……」

頭を抱える。重大なことに気付いてしまった。

「内緒にしてくれって言われたときは、『なんで？』って思ったけど……なんでもなにもないよ。理由、私《うち》じゃん……っ」

転入生が来て歓迎ムードの教室に、自分が転校すると報告してお別れムードを作る……ちょっと気が進まない挑戦だ。

クラスメイトたちは戸惑うだろうし、転入生の自分も居心地が悪くなりうる。

『ゆーちゃんが教室に溶け込む大事な時期に水を差す——って思ったんだろうね』

千亜希の声は、微苦笑しているように聞こえる。

タイミングだ。あまりにタイミングが悪かった。

誠治と電話したとき、すぐ気付かなかった自分のバカさに腹が立つ。

「なにしてんのよ私《うち》はもうっ。今日一日、ずっとセージの前で、主賓みたいな顔して……ああ恥ずかしいっ！」

スマホを保持しながら片手で顔を覆う。

自分が歓迎を受けているその隣で、誠治は大きすぎる気遣いをしてくれていた。

『ゆーちゃんが悪いわけじゃないよ。巡り合わせがよくなかったというか……』

巡り合わせ——たしかに奇妙な巡り合わせだ。

朝陽《あさひ》悠乃《ゆの》は『転入生』、相影《あいかげ》誠治はさながら『転出生』。

どちらも大枠では、同じ『転校生』だ。転校した後か、転校する前かの違いだ。

そんな『転校生』が、今日、奇《く》しくも同じ教室で顔を合わせていた。

なのに……温かい思いをしたのは、自分だけだった。

「ちょっと、スマホ手放すね」

え？　という千亜希の声ごと、耳からスマホを手放して机に置く。

そして、自分の両頬《ほお》を挟むように、思いっきり叩《たた》いた。

「っしゃあコラァ！」

『すごい音と声だけど大丈夫っ⁉　任侠《にんきょう》映画とか再生してないっ？』

セルフビンタの音と気合いの声だが、仁義なき銃声と怒声にも聞こえたようだった。

「ごめん、自分のことばっかりになってた。ちぃちゃんの方がショックなのに」

『それは……比べることじゃないと思うけど……』

誠治《せいじ》の転校はショックだ。それでも、より辛《つら》いのは千亜希《ちあき》だろう。

一緒に過ごした時間は千亜希の方が長い。千亜希が誠治を頼りにしていることも今日を振り返るだけで分かる。

『そういえば、ゆーちゃん――』

千亜希から、ふと気付いたように呼び掛けられる。

『誠治くんに内緒にするように言われたんだよね？　転校のこと、私やショウくんにも』

「あ、うん……タイミングを見計らいたいみたいなこと言ってたけど」

千亜希の声に鋭さが生じて、焦り出す。

千亜希より先に聞かされたという経緯に、妙な気まずさを覚えていた。

「それは、別に私が特別ってわけじゃないっていうか。そう、こういうのってむしろ縁の薄い相手ほど深刻な空気にならなくて話しやすいところあるっていうかっ」

なぜだか言い訳がましいことを口にする。

『……たぶん、それだけじゃないと思う』

千亜希の言葉に「え？」と首を傾《かし》げた。

『ゆーちゃん、長電話しても大丈夫？』

「朝まででもいいよ」

夜は深まっていたが、返事に迷いはなかった。

○

僕のスマホに翔《かける》から電話がかかってきたのは、千亜希を見送ってすぐだった。

『よう薄情者、ちぃに引っかかれたかよ』

「いきなりだな」

スマホを耳に当てたまま、部屋の椅子に腰を下ろす。

「悠乃《ゆの》から聞いたのか？」

『おう、たぶんセージがちぃの突撃を受けてる間にな。ゆーが慌てて電話してきた』

僕が千亜希の応対で通話を切った後、悠乃は翔に電話をかけたようだ。

「悪い、順番最後になったけど――」

僕は翔にも転校の理由を説明した。

『あー、そりゃセージが悪いな』

「いや、転校の理由は、僕が悪いわけじゃないだろ」

『そこじゃねぇよ』

翔《かける》は呆《あき》れた口調で言う。

なら『どこ』なのかと、続きを待つ。

『――お前、ちぃが生徒会選挙に立候補するまで、隠しとくつもりだったろ』

名探偵に罪を暴かれる犯人の心地だった。

翔という幼馴染《おさななじみ》が、無神経ではあれどバカではないことを、改めて思い知らされる。

「……なんで分かった？」

『お前、ゆーに「内緒にしてくれ」って頼んだだろ？　クラスメイトにはって意味ならまだ分かるけど、オレたちにも隠したがるあたりでキュピーンとな』

「悠乃《ゆの》に隠し事を頼もうとした僕がバカだった」

『はっはっは、そういや昔も、内緒にしようって決めてもすぐ口を滑らせてたよな』

千亜希《ちあき》にバレた時点で、翔に隠しても意味がないと判断したのだろう。

実際そうなので、これについて悠乃を責める気はない。

『まあセージが考えてることも分かる。つまりあれだろ――』

僕と同等に千亜希をよく知る翔は、僕の考えを当ててみせるのだった。

○

『たぶん、私が立候補しなくなると思ったんだよ』

自室のベッドで、千亜希との通話を続ける。

いまは布団を掛けてうつ伏せになったまま、小首を傾《かし》げていた。

「立候補って、生徒会選挙の？」

千亜希が選挙に出る予定だということは、今日聞いたところだ。

千亜希も弱気を口にはしていたが、出たくないという様子ではなかった。

度胸作りのため幹事をしていたことからも、挑戦する意思はあったように見える。

「セージの転校と、なにか関係あるの？」

いまいち把握できず、説明を求めた。

『んっと、どこから話そうかな……』

転校した自分は、それ以後の千亜希の半生について、よく知らない。

だから、千亜希のこれまでに関わるであろう話を、静かに待つ。

『高校デビューって言葉あるよね。入学した直後の、恋人を作るんだーとか、いままでと違う自分になるんだーっとか、そういう衝動に駆られるあれ』

「うん、あるね……ちなみに転校でも起きるよ」

古傷が痛んだような声で言うと、千亜希《ちあき》がくすくすと笑う。

中学生の頃はとても大人っぽい存在に見えた高校生、いざその制服に袖を通したとき、どこからか湧いてくる焦燥感にも似たもの——

誰にでもあることだけに、方向性は人それぞれ。

悪ぶったり、目立ちたがったりと、迷走の末に火傷《やけど》することもある。

わざわざ持ち出したということは、千亜希にも、そんな衝動があるのだろう。

『私の場合はね——格好《かっこ》よくなりたかったの』

千亜希の声音には、言葉以上の重みを感じた。

「格好よく？　お洒落《しゃれ》的な意味で？」

『ううん。外見もまあ、大事だけど……もっとこう、人間的にというか……』

曖昧な言葉だが、千亜希が何を求めているのか、漠然と察しが付いてきた。

『例えば……うちの生徒会長、日比谷《ひびや》さんっていうんだけど』

まだ会っていないが、誠治《せいじ》の従姉《いとこ》が生徒会長だという話は小耳に挟んでいる。

『綺麗《きれい》で、頭も良くて、大人っぽくて……私もこうだったらなぁって、思っちゃって』

懐かしむような千亜希の口調に、頰《ほお》が緩む。

——ちなみにこのとき日比谷凛《りん》は、昼間耳にした谷崎潤一郎《たにざきじゅんいちろう》の『鍵《かぎ》』を自室でこっそり読んでインモラルな内容に赤面しているが、それを知る者は誰もいなかった。
『目標にして、お洒落を真似《まね》たり、勉強もしたりして……そしたら、前の学期末に』
生徒会長、やってみない？　と。
千亜希は凛から直接、時期生徒会長に指名されたという。
『別にそこまで真似したいわけじゃなかったし、向いてないもん。ただ、その……』
「挑戦したいって気持ちもあって？」
共感を込めて続きを促す。
『うん。役者不足もいいところだけど』
高校入学時の衝動に、千亜希は「憧れの人物」という方向性を見出《みいだ》したのだ。
更に、漠然と『格好良い』と言語化していた情熱に、生徒会長というゴールが生じた。
千亜希にとって「生徒会長になる」とは、そういう意味を宿しているのだろう。
『それで、どうしようか迷ってたら、誠治くんが……言ってくれたの』
誠治がこう言って、千亜希の背を押したそうだ。
――もしやるなら、僕も手伝ってやるよ。

○

「あのときは、まさか転校することになるなんて思ってもなかったんだよ」

翔《かける》との電話の中で、僕は運命の悪戯《いたずら》を呪った。

本心だった。千亜希《ちあき》が生徒会長になるというなら、全力でサポートする気だった。

『あの頃はちぃも自分を変えようって意欲あったからな。オレもいい機会だとは思ってたよ。あいつの色々と半端なところがマシになるかもって』

「ああ、絶好の機会だ」

当時の千亜希は、なにやら思うところあってか、自分を変えたがっていた。

指標にしていた凛《りん》さんの後任というのも、打って付けだ。

『だから転校も隠す気だったわけか。ちぃが立候補表明して引っ込みつかなくなるまで』

「……そういう考えがなかったとは言わない」

もったいない、と思ったのだ。

僕の転校が、千亜希の弱気を招いて、立候補しなくなったら……度胸作りに励んでいた今日までの頑張りが、無駄に終わるのではないかと。

『そういうのなんて言うんだっけ？　ほら、あれだ――「はしごを外す」っつうんだよ』

翔の非難が胸を突く。

はしごを外す――おだてて何かさせた後、応援するのをやめて孤立させること。

背中を押しておきながら転校する僕は、千亜希にそういうことをしたも同然だった。

○

「そういうことかぁ」

ようやく詳細を把握して、深々と溜息《ためいき》を吐《つ》く。

「たしかに、セージはちょっとひどい。もちろん転校するのはセージのせいじゃないし、生徒会の話を持ってきたのも会長さんだけど」

ただ、重要なのは――

「手伝うって約束して、すっかり頼らせておいていなくなるっていうのは、ひどいね」

『っ、そうだよね!?　うそつきだよね!?』

これまで静かだった千亜希の声に、力が込められた。

よい傾向だと思う。ようやく、千亜希が感情を吐き出せた。

『生徒会、一緒に手伝ってくれるって、約束だもん……』

涙目になって頰《ほお》を膨らませている千亜希の姿が想像できて、小さく笑う。

「ちなみに選挙の話はどうするの？」

『……分かんない。分かんなくなっちゃった』

「じゃあ忘れちゃおう」

あっさり言い切ると、千亜希《ちあき》が驚くような気配を返した。

しかし改めて考えてみれば、選挙に出馬するか否かなんて話は、立候補の受付期日まで先送りで問題ない。どっちを選んでも自分は全面的に千亜希の味方なのだから。

「そんなことよりセージのことだよ。なによ自分がいなかったら立候補しないかもって。普通に傲慢でしょ」

『そう！　誠治《せいじ》くんはそういうとこあるの！　善意が上からなの！』

水を向けてやると、千亜希は誠治への不満を口にする。

『真面目だけど堅物だし、気遣いさんだけどたまに恩着せがましいし！　大人っぽいけど偉そうなところあるし、ちょっと誕生日が早いだけで変にお兄さんぶって！』

千亜希は誠治の難点をあげつらうが、その全てが長所と連結して語られているあたり、本心が見える気がした。

『そこまで言うならちゃんと最後まで責任取るべきだよね!?　なのに――』

誠治には悪いが、千亜希の愚痴を聞くことが、少し楽しい。

相手がどんなに立派な人物でも、一緒にいれば欠点は見えてくる。付き合いが深ければその欠点に悩まされることも多くなり、不満が蓄積することは避けられない。

そういう溜《た》め込むと心に悪いものを聞いてやるのが、お友達というものだ。

いま自分は、数年ぶりに再会した幼馴染《おさななじみ》と、そういうことができている。

「ちぃちゃん?」

　ふと、気付けば千亜希が言葉を止めていた。

　何かを噛《か》み殺すような沈黙の後、辛《つら》そうな声音が耳に響く。

『違うよ……私が誠治くんに怒ってるの、おかしいよ』

　涙ぐむような声に血相を変えた。

『だって誠治くん、転校しちゃうのに……私は誠治くんとだけお別れだけど、誠治くんはみんなとお別れなのに……誠治くんの方が、寂しいのに……っ』

　千亜希の言葉を聞いて、神妙な気分になる。

　自分もまた、その『お別れ』をしてきた身だ。誠治が抱えているだろう寂しさは想像が及ぶ。辛さを比較するものではないだろうが、見送る側と見送られる側で、より孤独感に襲われるのは、故郷を旅立つ方だ。

『なのに私、誠治くんに怒鳴っちゃった……ああ、最低だ、私』

　千亜希が強い後悔を口にする。

　誠治の口から転校を聞いたとき、感情のまま声を上げたことを、いまになって後悔しているらしい。真奈美《まなみ》さんの妊娠で驚かされなければ、もっと暴言を吐いたかもしれない。

「それ普通だよ」

　一呼吸を置いて送った言葉は、自分でも意外なほど強い口調だった。

『え？』

「本当にお別れしたくない人と、お別れすることになるとさ、怒っちゃうものなんだよ」

視線を配った部屋の片隅には、細いラケットが立てかけられていた。

「どっちが悪いわけでもないのに、理不尽に当たっちゃったり、それこそ恨みまで湧いてきちゃったりするの。たぶん、人ってそういうものなんだよ」

恋人の別れ話は大抵ケンカになるともいう。

心にもないことを口走ったり、とんだ醜態をさらしたりするという。

きっとお互いの関係が深いほど、引《ひ》き剥《は》がされるときの『痛み』も深まるからだ。

痛い思いをしているのだから、理不尽な怒りや苛立《いらだ》ちが生じて当然だろう。

「離ればなれになるのが辛《つら》くて怒ってるんだから、最低なわけないじゃん」

雲を晴らすようにからりとした声だった。

『そう、なんだ……うん、分かる気がする』

呆気《あっけ》にとられていた千亜希《ちあき》が、声音を柔らかくする。

「とりあえずそういう感情はいまのうちに吐き出しちゃえばいいんだって。セージなんか一日くらい困らせておけばいいの」

くすっ、という千亜希の笑い声を聞き取って安堵《あんど》する。

（これは、どうやって仲直りさせよっかなぁ……）

同時にそう考える。

幼馴染《おさななじみ》の中で良識派な誠治《せいじ》と千亜希のケンカは幼少期を含めてもレアケース。おまけにいまは子供じゃない。なかなか困難なミッションだ。

それでも、自分はそれに挑むべきだと思う。

なぜなら、自分は『転校生』だから。

これから転校する誠治のために、自分だからこそできることがあるかもしれない。

なにより、知らないうちに、誠治には『借り』ができていたから。

（勝手に恩を売ってくれちゃって。返し方の注文は聞いてやらないからね……）

怒り半分、笑顔半分といった表情で決意する。

今日――誠治は自分に、よい『転校』をくれた。

だったら自分も、誠治によい『転校』を返してやらなければ。

覚悟せよ相影《あいかげ》誠治、こちとら1点取られたら3点取り返す主義の体育会系ぞ。

（あと、三週間……）

時計を見る。

もう夜も遅い。千亜希の舌が乾く頃には、日付が変わるかもしれない。

誠治が転校するまでのカウントダウンが――もうすぐ一つ刻まれる。

◇第四話　四月十四日、あと22日・朝

思えば昨日は濃い一日だった。

そのせいか眠りが浅く、時間を持て余してからの登校となった。

我が家から時小海《ときおみ》高校への距離は、遠からず近からず。

自転車で行くには遠くて、電車を使うには近い。どちらを選んでも「やっぱり逆の方がよかったかな？」と考えてしまうような距離にある。

結局、僕は電車を選んだ。

そしてそれは、家の立地が近い千亜希《ちあき》も同じだった。

「あ、おはようセージ」

駅のホームで出くわしたのは、千亜希と悠乃《ゆの》の二人組だった。

悠乃も電車通学を選んだらしい。

声をかけてくれたのは悠乃の方で、千亜希は少し気まずそうに目を逸《そ》らしている。

「ああ、おはよう……そうか、悠乃も電車通学か」

「まあね。いやー、やっぱり人の多さが違うわ」

田舎育ちの悠乃は自虐ネタを披露して、僕と千亜希を見比べた。

千亜希とは昨晩以来だ。流石《さすが》に気まずいが、声をかけないわけにもいかない。

「おはよう」

「うん」

二の句がない。悠乃が苦笑いしながら口を開いた。

「セージはいつもこの時間？」

「いや、いつもはもう一本早い。この時間だと結構ギリギリだからな」

「ちぃちゃんは？　いつもセージと一緒に登校してるの？」

「まあ、うん。約束じゃないけど、駅のホームで会ったらそのままって感じで」

僕と千亜希の間で、悠乃が積極的に話題を振ってくれていた。

「そ、そういえばショウは自転車なんだっけ？　地図アプリで見たら学校まで割と距離があるのに、元気だよねー」

僕と千亜希は生返事しか口にしなかった。

「……がんばれ私」

駅の喧噪《けんそう》に掻《か》き消えそうな小声で、悠乃が自分に言い聞かせていた。

ごめん、悠乃。転校してきたばかりなのに、さっそく気を遣わせて。

いつものように教室へ入ると、僕と千亜希《ちあき》の微妙な空気も目立たなくなる。

気付いているのは――

「よう、冷戦がはかどってるじゃねぇか」

遅刻ギリギリの時間に登校してきた翔《かける》くらいだった。

「ショウ」

「へいへい、昨日はなんも聞きませんでした」

僕が言外に口止めすると、翔もそこには合意した。

転校のことはいずれ級友たちにも伝えるつもりだが、いまは転入生の悠乃《ゆの》を歓迎すべき時期だ。千亜希とのことを解消してからでも遅くはないだろう。

(千亜希とこんな空気になるの、いつ以来だろうな……)

授業中――板書の合間に、昔を思い返す。

子供の頃は、つまらないことでケンカになった。

やれお菓子をとったとか、何かの遊びの順番を守らなかったとか、そんな些細《ささい》なことで大嫌いだ絶交だと喚《わめ》いて、数日も経《た》てば元通り。

(あの頃は、どうやって仲直りしてたんだっけ?)

大きくなると、その方法が分からない。

大人たちは誠意ある謝罪をしても、裁判やらバッシングやらで大変な目に遭う。謝れば負けという瞬間さえある。しかし子供は『ごめんね』だけで魔法のように解決だ。

昨日まで、他と競うように大人ぶってきたというのに、いまは幼さが恋しい。

（……教室のみんなにも、転校のこと、言わないとな）

担任が来て、SHRが始まった教室を、ざっと見回す。

一ヶ月を切ったわけだから、そろそろ伝えないと不義理だろう。

親睦会のときのように定型文を組み立てている自分が、なんだか嫌になる。

（僕が転校したら……この教室、どうなるんだ？）

教室移動の途中に、ふと疑問が浮かんだ。

……どうなるも何《なに》も無い、相影誠治《あいかげせいじ》という生徒が一人減るだけだ。

僕がいなくなったからといって、いきなり立ちゆかなくなるなんてことはない。

きっと副委員長の望月《もちづき》が繰り上がりで委員長になる。転校してきた悠乃は千亜希や翔が見てくれる。その千亜希や翔にも、僕以外の友達はいる。

（いなくなった後、少しだけ話題になって忘れられる――そんなとこか）

クラスメイトが一人転校しました。

そうなんだ、一緒に卒業できないの残念だね、ところで帰りどっか寄ってく？

普通はこうだ。

空いた席を詰めるように、みんなが少しずつ調整するだけで、僕一人分の欠落くらい、瞬時に埋まるはずだ。

内心で煙たがっていった委員長がいなくなり、清々する者だっているだろう。

(それが『普通』か)

思えば昨日、望月《もちづき》に言ったばかりだ。

会えなくなった人との関係に執着しないことは、薄情だとしても間違いじゃないと。

僕が転校した後はそうしていいと、予《あらかじ》め伝えておきたかったからだ。

ただ、強がりでそう言えるのと、実際にそうしてほしいのかは――また別だった。

(ああ、なんか、ダメだな……思考が、整わない……)

雑念ばかりのまま授業を終えて、教室に戻っていく。

近くを歩く翔《かける》やクラスメイトとの雑談も上の空。

熱中症の初期症状さながら、頭がぼんやりする。

(何からすればいいんだっけ……転出届に記入して提出、みんなに転校を伝える段取り、ああいやそれより先に千亜希《ちあき》と仲直り……母さんの体調も……)

「セージ」

と、僕を呼ぶ声。

目覚まし時計の音が夢を追い払うように、白昼夢めいた思考から現実に戻される。

「ああ……悠乃《ゆの》か」

教室に入る直前の廊下で、悠乃に呼び止められていた。

目前に立って呼び掛けられるまで気付かなかったということに、少し寒気《さむけ》がする。

「大丈夫？　ぼんやりしてるけど」

「ああ、大丈夫。ちょっと考え事してただけだから」

悠乃は怪訝《けげん》な顔で僕を見ると、なにやら憤るような顔になる。

「ちょっと顔貸して」

「あ、おい……」

有無を言わせず、悠乃は僕の腕を掴《つか》んで廊下を歩き出す。

「先に戻ってるぜ」

隣にいた翔が、そう言って教室に向かう。助けてはくれないらしい。

僕は悠乃に連行されるまま、人目に触れにくい階段の踊り場まで連れ込まれた。

「悠乃？」

僕は恐る恐る悠乃に呼びかけた。

悠乃は手元のスマホを確認すると、何かのアプリを開いて、僕に突き付ける。

どうやらフォト系アプリのようだ——と気付くと同時に、

「アルバム作ろう！」

彼女は、空飛ぶ船に乗って宝物を探しに行くような顔で、そう言った。

〇

「アルバム？」

悠乃《ゆの》の提案は、あまりに予想外だった。

千亜希《ちあき》と揉《も》めたことへの抗議かと思っていた僕は、間抜け面《づら》でその単語を繰り返す。

「そう、アルバム。セージ、転校しちゃうでしょ？」

得意気に頷《うなず》く悠乃だが、僕にはまだ話が見えない。

「私《うち》もそうだったけど、転校すると、前にいた学校の卒業アルバムってもらえないの」

「ああ、そうか。卒業生じゃないもんな」

卒業アルバムは名の通り、その学校の卒業生に送られるものだ。

転校してしまった生徒は卒業生ではない。肖像権に配慮してか、その生徒が写る画像はアルバムに載せられないこともあるという。

「転校生ってそのあたり損するの。私《うち》の場合、前にいた高校の卒アルはもらえない上に、こっちの卒アルでは途中参加だから写真が少なくなるでしょ？」

「たしかに……」

そう考えると、損した気分になる話だ。

あの手のアルバムというものは、割と大きくて置き場所に困るし、何年も開かずに埃《ほこり》を被《かぶ》る。写真写《うつ》りに自信が無い人には、いっそ無くなってほしい慣習かもしれない。

ただ、いざ『自分だけ無い』となると、それはそれで寂しいだろう。

「それは、あれか？　寄せ書きに写真を沿えたような、簡単なやつだよな？」

寄せ書き――色紙にクラスメイトたちのメッセージが書かれたあれだ。

そこに写真を添えて、簡単なアルバムにしたものもあると聞く。

「んー、あれが悪いなんて言う気はないけど、もうちょっとこう、量があるやつ？」

「量っていうと？」

「色紙に写真一枚とかじゃなくて、もっと見応えのあるやつ。クラスメイトからいままで撮ってきた写真を集めたり、足りなければ新しく撮ったりして」

悠乃が言いたいのは、卒業アルバムのように厚みのあるものだろう。

「最初はサプライズで準備しようと思ったけど、やっぱりものが『写真』だし、被写体の同意もないまま勝手に作るのもね。どう？」

「どうって……」

僕は――なぜか、その提案を素直に喜べなかった。

「なに？　まさか迷惑とか？」

むっとしたような、少し不安そうでもある顔で、悠乃《ゆの》は僕を睨《にら》む。

「そういうわけじゃない。気持ちは本当に嬉《うれ》しい。ただ――」

嬉しいのは本当だ。僕が転校すると聞いた悠乃が、一晩のうちに頭を捻《ひね》って、そういう計画を立ててくれたというだけで、感無量と言ってもいい。

「作るの、大変すぎないか？」

問題はそこだ。僕の門出を祝うために、あまり労力を強いるのは避けたい。

「なにも百枚や二百枚なんて話じゃないし、いまはスマホアプリで結構簡単にできるし、そんな大変ってこともないよ」

悠乃は笑って保証するが、僕の胸中にはいまだ気後れがあった。

自分でも、自分の感情が不可解だった。

いい提案だ。転校してしまう幼馴染《おさななじみ》に送るものとしては、最適に近いチョイスだろう。

「いや、でも……」

なのに、なぜなんだろうか――気が乗らない。

いい笑顔で粋な計らいをしてくれる悠乃に、気持ちがついて行かない。

「……セージ、なに考えてるのか当ててあげよっか？」

急に、悠乃が少し目付きを鋭くして、僕を下から覗《のぞ》き込む。

「いま、『もっと軽い感じに転校したい』って思ってるでしょ？」

悠乃の指摘に、言葉を失う。

（あれ？　なんで……腑《ふ》に落ちてるんだ？　僕……）

これまで見えなかった自分の望みが、上手に言語化された気分だった。

「派手な送別会とかされたくなくて、周りに気を遣わせたくないって思ってるでしょ？」

まるで絡まった紐《ひも》を解くように、悠乃の言葉が僕の胸中を整理していく。

「お別れ前の微妙な空気とか、腫れ物みたいな扱いを想像して、そんなことになるくらいなら気軽に『バイバイ』ってなった方が楽だって思ってるでしょ？」

次々と、転校を意識してから感じていたものが暴かれる。

「いっそ、誰にも言わずに教室から姿を消したい——って、思ってるでしょ？」

ハッとして顔を上げた。

そうだ——悠乃は『転校生』だ。

転校が決まってから僕が感じていた憂鬱を、一足先に体験してきた『先輩』だ。

「後悔するよ、それ」

微笑する悠乃は、僕の知らない悠乃だった。

まるで、僕よりも人生経験が豊富な、年上の女性にすら見えた。

「あ、ごめん。別にセージを責めるわけじゃなくて」

「いや……言いたいことは、分かる」

悠乃《ゆの》が無遠慮を詫《わ》びると、僕も我に返って息を整える。

「アルバムの話だったよな……すまん、いまはちょっと、いいともダメとも言えない」

「なんで？」

「悠乃の言うアルバムって、割とみんなを巻き込んで作るやつだろ？」

まあね、と悠乃は肯定した。

「あまり僕の事情で労力を強いたくないし、それに……千亜希《ちあき》のこともある」

問題はそこだ。今朝から続いている千亜希とのプチ冷戦が、まだ解決していない。

こんな状態でアルバム制作を始めても、拗《こじ》れた末に、悪い思い出となりかねない。

「なら、他のみんなが多少は乗り気で、ちぃちゃんが許してくれたらＯＫってことね？」

「いや、それとこれとは――っておい」

悠乃は僕の返事を待たず、踊り場から廊下へと歩き出す。

「とりあえず教室戻ろ？　話の続きはまた後で」

たしかに、もうすぐ休み時間も終わるから、教室に戻らないといけない。

悠乃の提案するアルバム制作の可否も、ひとまず先送りとなった。

教室に戻ると、視線を感じた。

遅刻したかと時計を見るが、まだ余裕があった。

不可解な注目に首を傾《かし》げながら、とりあえず自分の席に足を運んでいると、

「ちょ、ちょっと、委員長！」

ギャル系女子の金枝《かなえ》に袖を掴《つか》まれた。

何事かと振り返ると、驚いたような顔で僕を見ながら、こう口にした。

「——委員長、転校するの？」

僕は目を剥《む》いた。

慌てて周囲を見回すと、他の級友たちも、雑談を止《や》めて僕の返答を待っていた。

「なんで、そのこと……っ！」

明白だ、誰かが教えたのだ。

悠乃《ゆの》と目が合う。教室に戻ってきたタイミングは僕と同じ。彼女じゃない。

千亜希《ちあき》と目が合う。『私じゃないよ!?』というように首を横に振る。

そんな悠乃と千亜希の視線は一人の人物に向かい、僕もそれに倣う。

「〰〰♪」

翔《かける》が——明後日の方向に目を逸《そ》らして、口笛を吹いている。

ぴくっと、口の端が勝手にひきつるのを感じた。

（こいつ、バラしやがったぁぁぁぁぁぁぁぁぁぁぁぁぁぁっっっっっ!!）

声に出して叫ばなかったのは、辛《かろ》うじての理性だった。

「おいこらショウ」

「はっはっはー、つい口がすべったー」

詰め寄って胸ぐらを掴み上げるも、翔はへらへらと笑うだけだった。

「いや、割と大々的にバラしてたよな？　相影《あいかげ》が戻ってくる前にみんなの注目を集めて、『あいつ転校するらしいぜ？』って」

近くの席にいた体育会系男子の有水《うすい》が告発する。

「そうか話は分かった。ここは冷静になって校舎裏に――」

「委員長？」

僕の言葉を中断させたのは、肩に手を置いてきた、副委員長の望月《もちづき》だった。

「ご説明を」

眼鏡の奥で弓を引くような笑みはいつも通りだが、なんだか圧が強い。

この彼女とは去年も同じクラスだった。だから少し機微が分かるのだが――たぶん怒っている。

「あぁいや、その……そうだ、もうすぐ授業が」

僕は言い訳がましく教卓の方を見る。

ちょうど次の授業の担当教師が来ていたところだ。教師は時計を見ると、

「じゃあ、十分だけ」

粋な計らいをしてくれた。ありがたくない。

「おいおいセージ、ここは男らしくはっきりしとこうぜ？」

という翔《かける》には一発かましてやりたいが、ここは堪えて、クラスメイトに向き直る。

「こほん。えー機会をいただいたので報告します。この度、相影誠治《あいかげせいじ》は、一身上の都合により、この時小海《ときおみ》高校から他校へ転校することになりました」

教室内がどよめく。

かくなる上は、先送りにしていた転校の報告をここでするしかない。

「はい、質問！」

金枝《かなえ》が挙手したので、僕は記者の質問に応じる政治家のごとく手で促す。

「なんで転校しちゃうの？」

「いわゆる家庭の事情だ。詳しく知りたい奴《やつ》にだけ個別に話す。次」

時間も限られているので、詳細は後回しにさせてもらう。

「いつ転校するんだ？」

「来月のGW半ばには。次」

「どこに行っちゃうの？」

「母親の故郷だ。結構遠い。次」

てきぱきと処理した甲斐《かい》あって、クラスメイトたちの疑問には全て答えられた。

「はい、ここで発議します！」

と、声を上げたのは——悠乃《ゆの》だった。

「その転校に当たって、私たちから何か贈り物はできないかと思い、有志によるアルバム制作を企画検討しています！」

悠乃はこのタイミングで、絶好のタイミングで、アルバム制作を公表した。

その姿は、転校生とは思えない。

まるで、最初からこのクラスの一員だったかのようだ。

「アルバム？」

「あー、なるほど。卒業アルバムならぬ転校アルバムってことか」

金枝や有水《うすい》の好感触を追い風に、悠乃は再び口を開く。

「アルバムに載せる写真とか、新しく撮る写真のアイデアとかも募集中です！」

おお……と、悠乃に感嘆の吐息が寄せられ、一部から拍手も送られる。

みんな、よく理解しているのだ。

悠乃《ゆの》の、転校してしまう友人に何かしてやりたいという清い熱意に。

何よりこの教室に来たばかりの悠乃が、こうしてクラスメイトたちに声を上げるには、かなりの気力が必要だったことに。

「………」

悠乃と目が合う。

唖然《あぜん》とする僕に、『お返しだ』とでも言うような、不敵な笑みを見せていた。

「いいですね。素晴らしいです」

望月《もちづき》が手を合わせると、他の級友たちも乗ってきた。

「写真を提供すればいいのか？」

「去年の文化祭とか修学旅行のとか、何枚かあるぞ？」

「卒アルに掲載予定のやつとか、先生に頼めばくれるんじゃない？」

教室内では、僕の転校アルバムを制作する計画が進行している。

「ショウ、お前、このつもりで……」

僕が翔《かける》に目を向けると、翔はスマホを持ち上げてみせる。

「おう。今朝、ゆーから転校アルバムの話を持ちかけられてな」

どうやら悠乃は、転校アルバムを計画するに当たり、僕に伝えるより前に翔にも相談していたらしい。

　そして翔は僕が遠慮することを見越して、僕ではなく僕以外の人間を動かすことを企《たくら》んだ。僕が断れない流れを作るために。

　決行はこの昼休み、悠乃が僕を連れ出している間に、翔が僕の転校を触れ回り、機会を見て悠乃がアルバム計画を発議、クラスメイトたちを巻き込む。

　細部はアドリブだったようだが、その計画は見事に成功を遂げた。

「誠治《せいじ》くん」

　愕然《がくぜん》としていた僕の袖が軽く引かれる。

　千亜希《ちあき》だ。こちらを見上げる微笑には、昨夜の静かな怒りなど残っていない。

「やろ？」

　遠慮がちな短めの言葉から、色んな意味が伝わった。

　昨日の件を許してくれたことや、千亜希も僕の転校アルバムを作りたいという意思が。

　――それが『止《とど》め』だった。

「え？　誠治くん!?」

　千亜希が驚きの声を上げると、他の面々も注目する。

「セージ……」

「お前、泣くには早いだろ」

　翔に指摘されて初めて、僕の目尻から水分が出ていることに気付かされた。

「っ、いや、待て！　これは違う！」

眼鏡を外し、目尻を拭って、顔を逸《そ》らす。

怪奇現象を見たような顔をしている級友たちと、目を合わせられない。

「ご、ごめんね誠治《せいじ》くん！　私のせいだよねっ！　だって今朝ショウくんとゆーちゃんにアルバム計画を教えられて！　私、顔に出ないようにって必死で！」

自分が泣かせたと思ったのか、千亜希《ちあき》がなにやら必死に弁明していた。

ああそうか、駅で会ったときから態度が硬かったのは、怒りが尾を引いていたからではなく、計画に加担していたからだったのか。

それは後で問《と》い質《ただ》したいが、別に千亜希のせいで泣いたわけじゃない。

きっと、表面張力みたいなものだ。

母にデキ再婚を告げられてから瞬く間に決まった転校、それらに関する数々の心配事と忙しさ、その中で溜《た》まっていく行き場の無いストレス——僕の心はきっと、水を限界まで注いだコップのような状態だったのだろう。

そこに、悠乃《ゆの》と千亜希と翔《かける》たち幼馴染《おさななじみ》が結託しての、アルバム計画。

意地で保たれていた心の均衡が、とうとう崩れてしまったのだ。

(泣かされた？　泣いた？　僕、高校生にもなって教室で泣いた!?)

なんたる醜態！　小学生ならまだしも、高校生が！

泣き出して、そんな自分が恥ずかしいやら情けないやらで——何年ぶりだ、この感覚。

「かわいい……」

女子の誰かがそう呟《つぶや》いていた。

「ごめん、ちょっと取り乱した」

いまだに「ごめんねごめんねっ」と泣いて謝っている千亜希を宥《なだ》め、僕は顔を上げる。

眼鏡をかけ直し、赤くなっているだろう顔を、片手で隠しながら。

「その、アルバムの話だけど……」

悠乃・千亜希・翔、副委員長や級友たちに向けて、蚊の鳴くような声で。

「本当に……簡単なので、いいから」

教室が湧いた。

喜びの声、歓迎の声、僕をはやし立てる声。

翔は僕の肩をバシバシと叩《たた》き、悠乃は悪巧みを謝りに来た。

それらをどこか遠くに感じながら、僕はふと、少し前に抱いていた疑問を思い出す。

『あの頃は、どうやって仲直りしてたんだっけ？』

答えが分かった。

子供の頃は、毎日が新鮮で、すぐに新しい楽しさが訪れたからだ。

昨日のケンカを引きずってる場合じゃないくらい、明日が楽しみだったからだ。

「……あー、すごく切り出しにくいんだけど」

と、教卓の方から遠慮がちな声が発せられる。

「先生、そろそろ授業してもいい？」

教室中が「あ」と声を揃《そろ》えた。

悠乃《ゆの》や千亜希《ちあき》が慌てて席へ戻っていき、翔《かける》に詰め寄っていた僕も自分の席へ戻る。

その前に、

「——ありがとうな」

翔にだけ聞こえるよう、礼の言葉を残しておいた。

○

その後、授業中——

僕はクラスメイトにチラチラと見られるのを感じながら板書していた。

（ちくしょう、やられた……っ）

やられた、翔たちに完全にしてやられた——やってくれた。

（ああ、ここまでしてくれたんだ、感謝するさ！　でも、それでもなぁ……っ）

嬉《うれ》しい反面、恥ずかしい思いをさせられた怒りが煮えたぎっている。

泣かされた男の子の悔しさというものは、高校生になっても変わらないようだ。

（決めたぞ）

悠乃、千亜希、翔——遠からず会えなくなる幼馴染《おさななじみ》、少なくともこの三人。

嫌ってなどいない、会えなくなるのは寂しい。

でもいまは、それ以上に、こう宣言したい。

（次は僕が、お前らを泣かす……っ！）

転校するまで残り、二十二日。

ごく『普通』に済まされるはずだった僕の転校は、

ほんの少し——特別なものにしてもらえるらしい。

◇幕間《まくあい》

『1－0』

得点表が数字を刻む。

運動靴が床を擦る音と、ラケットがシャトルを弾《はじ》く音。

体育館の照明を浴びて、白いシャトルが飛び交う。

選手たちが汗を散らして前後左右に動き、腕を振る。

バドミントンの試合――選手の一人は私《うち》、朝陽悠乃《あさひゆの》だった。

『3－1』

始めたきっかけは、友達がやっていたから。

身近な誰かがしていたから自分もしたい、よくある子供の心理だ。

『6－2』

あの頃は、誠治《せいじ》も翔《かける》も千亜希《ちあき》も、何かしらの習い事をしていた。

千亜希は習字で、翔は一輪車だったか。

『9－2』

振り返ってふと、疑問に思う。

全員が別の習い事をしていた中、なぜ自分は誠治と同じバドミントンを選んだのか。

習字は柄じゃなくて、一輪車は苦手だったからか。

『12－3』

ああ、そうだ……

バドミントンは男子と女子でも一緒に試合ができる、と聞いたからだ。

どうせなら一緒にできた方が楽しいと思って、実際に楽しかったのだ。

『15－3』

その後、転校することになった。

転校先にバド部を見つけてこれ幸いと加わり、新天地に友を得た。

転校前の友達と培い、転校先に友達を作り、情熱をもって打ち込めたもの。

自分にとってバドは、競技というより『人の縁』そのものだったのだろう。

『18－4』

だから、あの試合は異質だった。

もちろん、得点はこちらが負けている。

短い髪が汗に湿り、荒い呼吸が止まらない。

表情が強《こわ》ばり、体も硬くなっていることが、自分で分かる。
試合はダブルス。前方に立つ相方の背中も、普段よりグラついて見える。
単なるワンサイドゲームなら、実力の差として受け入れられた。
それでも異質と言ったのは、相手の強さではなく、自分たちの方にある。
以前は、草原で空へ飛び跳ねるような、負けても悔しくても概《おおむ》ね楽しいことだった。
それがいまは、底なし沼で溺れないよう、必死に泥を掻《か》いて顔だけを出している。
『20－5』
意地の1点——しかしそれが何だというのか。
バドミントンの試合は21点先取、それを3ゲーム。
既に1ゲームを負けているこちらにとって、もう失点は許されない。
時間ではなく得点の上限で決着する競技だ、失点は敗北へのカウントダウンである。
そのカウントは、時計よりも痛烈に、人の手によってゼロになる。
もし……人生を幼少期からやり直せるとしたら、自分はバドミントンをするだろうか？
『21－5』
奇跡のような大逆転は起きず、試合終了。
時小海《ときおみ》高校に転校してくるよりも、少し前のことだった。

◇第五話　四月十四日、あと22日・放課後

かくして、転校アルバム――略して『転アル』の制作が始動した。

主要メンバーは発起人の悠乃《ゆの》、それに準じる千亜希《ちあき》と翔《かける》、そして僕。

「ひとまずこの四人で、大雑把《おおざっぱ》に計画を立てよう」

場所は放課後の図書室。本棚と静寂に満ちた空間に、部活動の声が窓から流れ込む。

「なんかごめん、発案者のくせして、具体的なプラン無くて……」

囲んだ机の一角から、悠乃が軽く挙手して、申し訳なさそうに言う。

「悠乃が言ってくれなきゃ、そもそも始まらなかったよ」

少し気恥ずかしいけど、悠乃には感謝を伝えておく。

思い出せば子供の頃も、あれしようこれしたいと言い出すのは悠乃だった。

「とりあえず、人気のアルバムアプリは見つけてみたんだけど……」

悠乃が遠慮がちにスマホで見せたのは、友人間で写真を共有できるアプリだ。

「アプリかぁ。なんとなくアルバムは分厚い紙製のイメージだったな」

翔《かける》が思い浮かべているのは、卒業アルバムの類《たぐい》だろう。

「そういう製本まで考えると、お金の問題が出てくるぞ？　仲間内で作るならアプリでも十分だ。僕としては、記念写真一枚だけでも嬉《うれ》しいくらいだからな」

転アルを作ってくれる気持ちはありがたいが、あまり負担を掛けたくない。

「一枚じゃアルバムになんないでしょ。せめて十枚か二十枚、それに特別感がないと」

遠慮半分にハードルを下げると、悠乃《ゆの》が対抗するように上げ直す。

「なら、ざっとそのくらいの写真を撮って、製本はせずアプリで共有ってところか」

現代の高校生が、転校する友人に送るなら、妥当と言っていいだろう。

「んー……もう一味《ひとあじ》、なんかねぇかな？」

しかし、翔を始《はじ》めとして、悠乃や千亜希《ちあき》も唸《うな》っていた。

たしかに、悪く言えば『普通』だ。悠乃が言うところの『特別感』には少し欠ける。

「えっと、私からもいいかな？」

そこで手を挙げたのは千亜希だ。

「写真って聞いて少し思い出したんだけど……こういうの、知ってる？」

千亜希はスマホを操作して、僕たちに画面を見せる。

写真らしきものが二枚、表示されていた。

二枚の写真を並べて一枚の画像としたものらしい。

「これは……？」

被写体は外国人の男女、一枚目は幼い子供たちで、二枚目は大人たち。

よく見ると、二枚目の大人たちは、一枚目の子供たちと同じポーズをとっている。

背景を見るに、同じ場所で撮られたようだ。

「これ知ってる！　子供の頃の写真を、大人になってもう一度撮り直してるやつ！」

悠乃が興奮気味に声を上げる。

「そうか、一枚目の子供たちが成長したのが、二枚目なのか」

僕もようやく写真の趣旨を理解して、顎に指を沿えた。

仲良くカメラの方を向いた子供たち。それが大人になった後で再び集まり、同じ場所で同じ姿勢となった写真だ。

「あー、親戚の結婚式でこういう写真がプロジェクターに映されてるの見たな。すげぇなこの人たち、こんな歳《とし》になっても仲良いのかよ」

翔が感心した様子で写真を指さす。

あどけない男の子が髭《ひげ》を生やし、垢抜《あかぬ》けない女の子が妙齢の女性へ成長しているところに、時の流れを感じた。

何よりこういう写真を撮れたということは、子供時代に撮った写真をもう一度撮ろうと誰かが言って、全員がそれに乗ったということだ。

「ネットで見かけたのを思い出したの」

千亜希《ちあき》が細い指先でスマホを操作した。

同じようなコンセプトで撮られた写真が、何枚か紹介される。

「こういう写真、なんて言うんだ？」

「Then and Now——『あのときと今《いま》』っていうみたい」

ひとしきり感嘆して尋ねると、千亜希が微笑《ほほえ》む。

改めて見ても、色んなパターンがあるようだ。

若夫婦と男児の写真が、老夫婦と壮年男性の写真になったり。

幼女と子犬の写真が、十代の少女と成犬になって微笑ましくさせたり。

誕生日会と思《おぼ》しき集団の写真が、部屋の内装まで忠実に再現して撮り直されたり。

写真を二枚並べただけなのに『人生』を感じさせる手法に、素直な感想を零《こぼ》した。

「その、私たちも、昔の写真とか結構あるよね？」

千亜希は遠慮がちに確認する。

「ある」「うん」「あるぞ」

誰も処分なんかしていない。悠乃《ゆの》が引っ越す前に絞っても、何枚かあるはずだ。

「なら、同じようなことできるんじゃないかなぁって……思いました」

千亜希が照れ臭そうな笑みで言うと、僕たちは顔を見合わせて、小さく笑い合う。

「これ、名案じゃない？」

悠乃の言葉に異論は出ない。あろうはずもない。

僕と悠乃と千亜希と翔《かける》、この四人で、昔の写真を再現する。

当初は漠然としていた『転アル』の行動方針が、これで固まった。

「ありがとう、千亜希。いい写真が撮れそうだ」

「た、たまたまだよっ」

良案を出してくれた千亜希に礼を言うと、千亜希は顔の前で手を振った。

「うわ、どうしよう。昔の写真、どこかにしまってあるかな？」

「小学校の卒アルとかからでも、元になる写真があるかもな」

悠乃と翔は、既に『あのとき』となる写真を探すつもりだ。

「だとすると……」

ここからは委員長の出番だ。

皆でこれをやろうと定まったら、実際に何が必要になるのか、しっかり想定する。

Then and Now――『T&N』と略そう――これを撮るために必要なものはなにか。

「――カメラマンが要るな」

僕たちにシャッターを切ってくれる、もう一人の誰かが必要だ。

カメラマン？　と悠乃が小首を傾《かし》げる。

「考えてもみろ。元の写真が四人揃《そろ》ったものだったら、僕たち全員が被写体だ。自撮りやタイマーでも撮れるけど、同じような写真にするのは難易度が高いぞ？」

想像させてみると、悠乃《ゆの》も千亜希《ちあき》も翔《かける》も「たしかに」と頷《うなず》いた。

「オレら以外に最低もう一人、できれば写真が上手《うま》いメンバーがいるってことか」

翔の言うように、メンバーをこの場の四人に限定することはない。

必要なときだけ手を貸してもらう形でもいい、撮影役が必要だ。

「そっか。遊園地で『ちょっと撮ってください』って頼むのとはわけが違うもんね」

「学校内で、コスプレとか鉄道とかが趣味な人を探してみる？　あれ撮影もするし」

思案する悠乃と千亜希だが、僕は軽く片手を挙げて、迷いながらもこう告げた。

「実は、心当たりが一人いる――ちょっと癖はあるけど」

翔が僕たちを案内したのは、生徒会写真部だった。

学内向けの広報新聞や、学校のＨＰに掲載される写真の撮影を担うところだ。

「失礼します、相影《あいかげ》です」

「んー？　相影くん？　どーぞどーぞ」

翔のノックに、気《け》だるそうな女子の声が応じる。

入室すると、部室というより雑多な資料室といった印象の部屋だった。

「おやま、大所帯でどしたの？」

その奥、一人の女子生徒が、依頼の来ない探偵のような顔で椅子に腰掛けている。

ロングヘアと眼鏡、小柄だが起伏の豊かなスタイルが印象的だ。

「紹介する。生徒会写真部の部長で、火野坂愛矢《ひのさかあや》先輩だ」

「どーもー、恋と青春のシャッターチャンスをこよなく愛する、火野坂愛矢でっす。愛矢先輩って呼んでいいよ？　今日はなんのご用かな？」

配信する実況者のような文言で挨拶する愛矢先輩。

当校の写真部は生徒会の一部なので、凛《りん》さんの手伝いをする過程で知り合った人だ。

「突然すみません。実は……」

僕たちは席を勧められ、本日始動した転アル計画について説明する。

「転校する友達にアルバムを作る⁉　しかもT&Nっ⁉　なにその青春フルスロットルなエモい挑戦っ！　お姉さん鼻血出そうだよっ⁉」

話を聞いた先輩は、限界オタクみたいな顔と独創的な語彙で興奮を表した。

「いいねぇー、うちの学校そういうのドライ気味な生徒ばっかりでさー。せっかく写真部してるのに甲斐《かい》がないったらもう！　そんな写真部の最後の一年にこんな心踊る話を持ってきてくれるなんて！　立案者は君？　いいハート持ってるじゃない！」

感涙して手を握る先輩に、悠乃が気圧《けお》されている。

「平熱の高い先輩だなぁ」

「職業柄とでもいうか、青春っぽいものに目がないんだそうだ」

その趣味と実益を兼ねて、写真部として生徒たちの青春をカメラに収めているらしい。

いま僕たちが必要としている人材でもある。

「ていうか相影《あいかげ》くん転校しちゃうの⁉　やだぁ残念、使い勝手のいい後輩だったのに！」

「本性を表した黒幕みたいな台詞《せりふ》をどうも」

涙目になっているところを見ると、本当に惜しんではくれているようだ。

この通り、悪人ではないが人を選ぶ性格なので、紹介するには躊躇《ためら》いがあった。

「ふむふむ――期間は来月のＧＷまで、目標は寄せ書きより厚みがある程度のアルバム。ならアプリっていうのはいい選択だね。製本するとなると、写真を送って出来上がるまで二週間くらいかかるし。旅立ちに間に合わせようとしたら撮影期間が短くなっちゃう」

詳細を聞いた先輩は、早くも経験を感じさせることを言う。

確かに紙のアルバムだと、そういう問題も出てくるのか。

この人に意見を求めたのは正解だったようだ。

「それで、いかがでしょうか？　撮影が無理なら、コツを教えてもらうだけでも」

「いかがも何もないよっ、むしろこっちから面接受けたいくらいっ！」

愛矢《あや》先輩はかなり乗り気のようだ。

問題は、この個性が強い愛矢《あや》先輩を、他の面々が受け入れるかだが——

「ちなみに、そこに貼ってある学校新聞の写真が、私の撮ったものだよ？」

愛矢先輩が注目を促したのは、部室の壁に貼られた紙面の写真だ。

「あ……」

悠乃《ゆの》が何か気付いたように注視すると、千亜希《ちあき》や翔《かける》も顔を近付ける。

内容は、全国大会に出場した生徒の活躍を報じたものだ。

「すごい。卓球の球までくっきり写ってる」

千亜希の感心を聞いて、先輩は照れ臭そうに頭を掻《か》く。

実際、素人目に見ても上手《うま》い。

試合中の選手を撮ったもので、時小海《ときおみ》高校の選手を中心としつつ、相手校の選手も枠に収めて、試合の緊張感が伝わってくる。

「ふふん、唯一にして最大の取り柄だからね」

愛矢先輩は重量感のある胸を張って見せた。慌てて視線を悠乃たちに向ける。

改めて写真を見て、頷《うなず》き合い、代表して僕が口を開く。

「是非、お願いします」

かくして、僕たちは専属カメラマンを迎え入れた。

思いつきから始まった転校アルバム計画が、一歩ずつ前進していく。

○

写真部で一通《ひととお》りの話を済ませた後、僕たちは下駄箱《げたばこ》を目指す。

運動部の掛け声や吹奏楽部の演奏が聞こえてくる廊下で、僕はふと悠乃に問いかけた。

「そういえば悠乃、学校には慣れたか？」

「まだ二日目だからなんとも言えないけど、いい人ばっかりなのは身に沁《し》みたよ……」

病弱疑惑の一件もあり、悠乃の返答は複雑そうだった。

「この学校は治安いいからなー。茶髪で放課後に町をぶらついてるだけのオレが不良扱いされてるってだけでお祭しだ」

翔が言うように、明確な問題児がいないことは、目立たない長所だ。

「ゆーちゃんが前にいた学校と比べると、どんな感じ？」

千亜希は外側からの印象が気になったようだ。

それを聞けるという点で、転入生は希少な人材である。

「んー、昨日も言ったけど小中高が一個ずつだったから、ずっと同じ顔ぶれなんだよね。そういう意味では、こっちは一人一人の距離感が若干離れて感じるかも」

軽く思案してから出た悠乃の回答は、割と興味深い。

人の少ない田舎校だと、級友は全員が半ば幼馴染《おさななじみ》のようなもので、互いの慣れが深い。

それに比べると、一般的な学校の生徒は他人行儀にも見えるだろう。

「昨日親睦会したばっかりだし、親密になるのはこれからだろ」

翔《かける》が階段を下りながら語り、僕に目を向けてくる。

「むしろベテラン委員長なセージの印象はどうよ？　新学期の手応えは」

「ショウより面倒なのがいなければ、平和そのものだな」

親睦会を決めて終えるまで、委員長として級友たちを見た上での総評だ。

「え？　オレそんなに問題児？」

「問題児というか、お前会議してる間もなにかと茶々入れてくるし、決まりそうになったところで追加のアイデア出してくるしで、委員長としては面倒この上ないんだよ」

悪気は無いし、いい結果を生むこともあるが、進行役としては厄介なのだ。

これなら一匹狼《いっぴきおおかみ》系の不良でも扱っていた方がマシというくらいには。

「そういえば、セージって転校しちゃうよね？　次の委員長ってどうするの？」

悠乃《ゆの》がふと気づいた様子で聞いてくる。

「選出は担任と副委員長に任せてる。後任を指名するような役職じゃないしな」

新しい委員長の相手をするのは僕じゃないので、口出しはしていない。

「そっか、誠治《せいじ》くんじゃなくなると……ちょっと困るかも」

千亜希《ちあき》がふと呟《つぶや》いた。

「言うほどか？　最初プレッシャーを感じるだけで、誰でもできる仕事だぞ？」

いなくなると困ると言われて悪い気はしないが、何が困るのか分からない。

クラス委員長の仕事なんて、たまに生徒会に出席して、教師や生徒間での連絡を繋《つな》ぐ、ただのパイプ役だ。教室生活を大きく左右する存在ではない。

「お仕事じゃなくて、んー、空気かな？」

「オレが読めない方の空気か？」

「自覚のあるショウくんには読解力を求めるけど、その空気」

千亜希は笑顔で言い切るが、僕はもちろん、転校してきたばかりの悠乃も首を傾《かし》げる。

「ほら、誠治くんって――面倒臭そうでしょ？」

「僕はいま急に攻撃を受けている気分だ」

「ごめんごめん、いい意味だよ？」

「ほう、なにをどうすればいい意味になるのか、お手並み拝見だな」

意味もなく毒を吐いているわけではないだろうし、千亜希の言葉の続きを待つ。

「だって誠治くん、第一印象が堅物そうだもん。女子なんかは特に構えちゃうんだよ」

「ごめんセージ、私もちょっとおねだりしたら正論パンチされそうって思ってた……」

千亜希のみならず悠乃からもこの評価だ。

「僕は女子からそんな風《ふう》に思われてたのか……」

踊り場の壁に手を付いて落ち込む。

「嫌われてるわけじゃないし、誠治《せいじ》くんはそれでいいんだよ？　彼氏にはしたくないけど上司にしたい男子ナンバーワンってところがいいんだよ」

「他に誰が選出されてるんだよそのランキング」

千亜希《ちあき》は何が楽しいのか、嬉々として続ける。

「でもそのぶん引き締まるの。あまり緩んじゃうと好き勝手なこと言う子が出てくるし。望月《もちづき》さんなんかは誠治くんのそういうところ上手に威を借りて、女子たちのエアを適度に均《なら》してるんだよ？　こういうのも威厳って言うのかもね」

「それ分かる。部活でも部長やコーチが舐《な》められてると、まとまり悪いし」

千亜希の話に悠乃《ゆの》も同意していた。

副委員長の望月とは、それぞれ男子のことと女子のことを分担している。

最近は親睦会の段取りをしたが、女子界隈《かいわい》ではそんなことが起こっていたのか。

「女子に対してそういう役割を担ったつもりは無いんだけどな……」

「あったらダメなんだよ。男子が女子の舵《かじ》取りしようとしたら反発されるもん。輪の外にいる男子が結果的にそうなってるから許されるの」

千亜希の言葉から垣間《かいま》見《み》える女子界隈の怖さに、翔《かける》が渋面を浮かべる。

「つまりセージが居なくなると、まとまり悪くなるのか？　うちの教室」

いまいち想像できない様子の翔には、僕も同意だ。

「あまりジェンダーに言及したくないけど、男子は『決まったこと』を重視して、女子は『決まるまで』を重視するところあるから。誠治くんという委員長が姿を消したことで、決まるまでのヘイト管理が上手《うま》く行かなくなる可能性はあるかも」

下駄箱《げたばこ》に到着すると同時に聞いた未来図に、不安を掻《か》き立てられる。

「……上手く行かなくなると、どうなるんだ？」

「委員長の権威は失墜し、噴出するようになった意見の相違が不仲を生み出して、遂《つい》には群雄割拠のギスギス時代が到来しちゃったりして」

千亜希は下駄箱から靴を取り出しながら、三国志の序文めいたことを言い出す。

「そんな大げさな……大げさだよな？　悠乃」

「あー、部活の先輩から聞いた過去の事例を考えると、あり得なくはないかなー」

さっぱりした性格の悠乃ですら、目を泳がせていた。

「というわけで、自分が思ってる以上に重鎮な誠治くんには、後任者をしっかり見極めてもらえるとありがたいなーって」

千亜希は地面に落とした靴を履いて、やんわりと学級崩壊の予防を求めてきた。

その甲斐《かい》あって、いまの僕は後継者問題で国を憂う王様のように真剣だ。

「そうか、そうだな……よし、ショウ！」

「おうっ、また明日なーっ！」

委員長を押し付けようと思ったら、危険を察知した翔《かける》は下駄箱《げたばこ》から駆け出し、駐輪場で自転車に乗ると爆走していった。

「あの野郎……」

怪我《けが》しない程度に事故るがいい。

たとえ転校することになっても、委員長としてすべき仕事は、まだあるようだった。

○

——思い出というものは、いつも不意打ちだ。

ちょっとした瞬間に蘇《よみがえ》り、思い出し笑いや、突然の後悔を招く。

きっかけは、生活のあらゆる場面に潜んでいる。

電車の移動時間で物思いに耽《ふけ》ったときや、棚や抽斗《ひきだし》の奥から何か小物を見つけたとき、古い流行語や曲を耳にしたとき、何年も会ってない誰かと同じ名字の知人ができたとき、以前は通っていた店の閉店、縁ある人の吉報や悲報、懐かしの味や香り。

狙って思い出そうとしても見つからないのに、探していないときほどやってくるのだ。

こうした脳の記憶力を乗りこなすために、人は『記念』を作る。

その代表例が——写真だった。

「母さん、ちょっといい？」

「んー？」

ノックして部屋の扉を開けると、ＰＣに向いていた母が、椅子を回してこちらを見る。

母の職業は個人投資家だ。

いわゆる株をする人、風が吹けば桶屋《おけや》が儲《もう》かるような金の動きを射貫《いぬ》く仕事だ。

三面ディスプレイに株価を示す折れ線があり、いかにも株をやってますという風だが、
スウェット姿でＰＣ用眼鏡を掛けているせいでニートにしか見えない。

「アルバムってどこに置いてある？」

「アルバム？　卒アルとかなら誠治《せいじ》の部屋でしょ？」

「そうじゃなくて、昔の……僕の子供時代が写ってるようなやつ」

親にアルバムをせがむということに、妙な恥ずかしさを覚えた。

「あるよ？　現像写真のもデータのも。なにに使うの？」

「あー、実は……」

かくかくしかじか、僕は『転アル』の計画について説明する。

明日、T&Nの元となる『昔の写真』を持ってくること――

それを宿題とする形で、今日の活動は終了となった。

他でもない僕が、その宿題を忘れるわけにはいかない。

だから母に事の次第を話すと、母の目は異様に輝き始めた。

「ちょっと待ってて！」

「ああ……って、こら走るな！」

妊娠初期とはいえ、妊婦のダッシュは見ていて心臓に悪すぎる。

「これと、それからここ……ああ、こっちもか……」

寝室に駆け込んだ母は、父の遺品を中心に、棚をあさっていた。

程なくして、写真が収まった普通のアルバムと、USBやSDカードが渡される。

「……こんなにあるのか」

「お父さん写真好きだったからねー。他にもあるだろうから探しておくね」

「ああ、ありがとう」

僕は部屋を出て行き、母は残りの写真を探し始める。

「――っ、待った！　ホコリが立つから自分で探す！　あんたは座ってろ！」

数秒後、僕は大急ぎで部屋に舞い戻るのだった。

改めて——僕は自分の部屋にアルバムを運び込んだ。

（とりあえず、悠乃《ゆの》、千亜希《ちあき》、翔《かける》と一緒に写ってるのを全部……まずは現像写真から）

正確にはデジカメの画像データをプリントアウトしたものだ。

フォルダを手に取り、開いてみると——案の定というか、赤ん坊の僕がいた。

人間、幼児の自分を見てもこれといった感想は浮かばない。この頃の記憶があるはずもないので、脳が『自分』ではなく『赤ん坊の写真』として処理するのだろう。

正《まさ》しくママのおっぱいを吸ってた頃の自分をつぶさに見るほど無駄な時間もないので、雑に飛ばして園児になった頃へと辿《たど》り着く。

幼馴染《おさななじみ》たちはまだ登場しない。

この頃には一緒に遊び回った気もするが、父の求める被写体は一貫して我が子だけだ。

（……そりゃそうか）

高校生なりに、カメラを手にした親の心というものには察しがつく。

我が子以外なんて、映画のエキストラほどにも眼中にないだろう。

これは、そういう時期の父が作った……『遺品』なのだ。

そう思った途端、フォルダのページをめくる手が止まってしまった。

——あと、一ヶ月もない。

三週間もすれば、僕はこの家を出て、新しい家族と暮らす。

いずれ、そこにいる母の再婚相手を『義父《と》さん』とでも呼ぶだろう。
その前に、そうなる前に——
人生の節目となるだろう『転校アルバム』に、亡き父の撮った写真を使う。
それには、墓に手を合わせるだけではできない、意義があるような気がした。
「……多すぎだろ」
気がつけば、呆《あき》れ笑いしていた。
早寝早起きの生活習慣が自慢だけど、今日は夜更かしすることになりそうだ。

◇第六話　四月十五日、あと21日・昼

「こうして全員で持ち寄ると、結構あるな」

翌日の昼休み。僕たちは再び写真部の部室に集まり、持ち寄った写真を広げていた。

「ああよかった、あんまり枚数がなくて不安だったの」

「私《うち》も。自分の写真は親が撮っててくれたけど、みんなと一緒のは意外となくて」

千亜希《ちあき》が胸をなで下ろし、悠乃《ゆの》も安堵《あんど》を言葉にする。

「これ全部でT&Nを撮るなら、今と昔で倍だろ？　アルバム一冊いけるだろ」

翔《かける》が期待感を出すと、撮影役となった愛矢《あや》先輩が写真を手に取った。

「かっっっわ。みんな可愛《かわい》いっ。あー、知り合いが無邪気な子供だった頃の写真からしか得られない栄養が満たされるわー。うぅ、立派に育ったねぇ」

口元を押さえてぷるぷると震えている。

「写真家にしか分からない何かがあるらしいな」

「昨日会ったばかりのオレたちに親心まで出してきたぞ」

僕と翔《かける》の苦笑いに気付いて、愛矢《あや》先輩はこほんと咳払《せきばら》い。

「なら、チェックしていこっか。場所とか服装とか構図とか、再現しやすいものをね」

そう、T&Nの難しいところはそこだ。

撮影された状況によっては、再現できないことも考えられる。

「じゃあこれとかどうよ？　オレとセージが写ってるやつ」

まずは翔が、カードバトルでも始めるかのように、一枚の写真を中央に出した。

「釣りか」

小学生くらいの僕と翔が、釣《つ》り竿《ざお》を手に、釣った魚を自慢する写真だ。

「うちの親父《おやじ》が趣味だったからな。割と近場の防波堤だから行けないこともないぜ？」

何年か前の夏休み、明丸《あけまる》家の親子交流に交ぜてもらったことを思い出す。

「へー、私《うち》やちぃちゃんの知らないところでこんなことしてたんだ」

「いいと思うっ、男の子っぽい！」

悠乃《ゆの》はなぜか不満そうで、千亜希《ちあき》はなぜか興奮気味だ。

「——これはいいショタだ」

「愛矢先輩、いまなんて？」

「おっと失礼。足と釣り具は準備すればいいとして、同じ魚にできるかが課題かな？」

無駄な真顔で呟《つぶや》いていた愛矢先輩だが、撮影の段取りを考えてくれるのはありがたい。

「あー、こいつはよく釣れる魚だし大丈夫だろ。車はオレが親父か兄貴に頼むし」

翔が保証する。すぐにとはいかないが、T&Nには向いた一枚だ。

「では、撮影候補ってことで」

愛矢先輩が部室のPCを操作して、T&N候補の写真を登録していく。

「早速一枚だな。ほれほれ、お前らもなんかいい写真出せ」

翔は徒競走で一着になったようなしたり顔で促す。

「じゃあ、次は私《うち》ね」

悠乃が張り合うように写真を出す。

どこかの居間で、料理が並んだテーブルを囲む、小学生男女の写真だった。

「あっ、これ、ゆーちゃんが引っ越す前のお別れ会！」

千亜希が気付くと同時に、僕や翔も思い出す。

かつて悠乃が転校する前、悠乃の家で催されたお別れ会のスナップだった。

「ちょうどよく四人揃《そろ》ってる写真がこれくらいしかなくて」

悠乃は少し照れ臭そうに頬《ほお》を掻《か》いていた。

「お別れ会かー。小学生の頃、転校するクラスメイトに手作りの贈り物したっけ。とりあえずこれも、料理や飲み物も揃えられれば……」

愛矢先輩も写真を確認して思案している。

「流石《さすが》にこの頃とは家具も内装も違うから、完全には再現できないかも」

悠乃《ゆの》は懸念を口にするが、

「そこまでこだわる必要ねーって」

「大事なのは僕たちが写ってることだからな」

「同じようなテーブルクロスを使うとか、似せられるところだけ似せればいいんだよ」

翔《かける》、僕、千亜希《ちあき》に続いて、愛矢《あや》先輩がこう口にする。

「これって朝陽《あさひ》ちゃんが戻ってきた経緯を考えると、『お別れ会』ならぬ『お迎え会』になるよね？　その対比を考えると、正《まさ》しく君たちにしか撮れない写真になるよっ！」

おお……と、粋な着眼点に僕たちは感嘆した。

「採用だな」

僕の言葉に異論も出ず、悠乃の写真も撮影候補に加えられる。

「じゃあ、次は私から」

場が温まったところで、千亜希も写真を両手で差し出す。

「幼稚園か……」

僕が一目でそうと分かったのは、被写体の僕たちが園児服《スモック》だったからだ。

「これ、幼稚園にあった滑り台だよね？」

「うわ、小《ち》っせーなーオレたち」

悠乃と翔は、幼児の自分を新鮮そうに見ていた。

写真としては、滑り台に乗った四人の園児が、思い思いのポーズをとっている。

「あっ、でも、いまあの幼稚園って無いんだっけ？」

悠乃が、先日僕が空き地だと教えたことを思い出したようだ。

「ああ、滑り台なら残ってるぞ？」

「あるの⁉」

翔からの情報に、悠乃が声を上げ、僕や千亜希も驚いた。

「おう。何気《なにげ》なく散歩したときに見たんだけど、空き地になってからもなんでか滑り台が残ってたんだ。たぶん、段階的に撤去してる途中なんじゃね？」

「なら早めに撮った方がいいね。見る限り夕方頃の写真だから、放課後に制服で撮ろう。幼稚園児が高校生になりましたってバックストーリーも出るし」

愛矢先輩はこれも候補に加えた。

順番的に、次は僕が出す流れだ。

「ちょっと、この写真を見てほしいんだけど」

僕は、父の遺品にあったものから、一番気になる写真を出すことにした。

「おお」「へぇ」「わぁ」「……」

覗《のぞ》き込んだ他の面々が、それぞれ感嘆符を口にしていた。

神社の境内と思《おぼ》しき場所で撮られた写真だ。

小学校高学年くらいの僕たちが揃《そろ》い、思い思いのポーズをとっている。

「これ、いいね……」

愛矢《あや》先輩が見入っている。これまでの写真と違って、反応が真面目だ。

「だよな。上手《うま》く言えねぇけど」

翔《かける》も感じるものがあったらしい。

「なんかすごいね。プロが撮ったみたい」

「何かの広告に使えそう」

悠乃《ゆの》と千亜希《ちあき》も、写真の出来映えに一線を画するものを感じたようだ。

「たしか、五月頃に町の神社でやってるお祭りで撮った写真だ」

僕が時期を伝えると、幼馴染《おさななじみ》たちは一斉に思い出したようだ。

「あー、そういえば」

「端午の節句のお祭りだったっけ?」

悠乃は懐かしそうに写真を眺め、千亜希はお祭りの内容を口にした。

「あれだろ? 夏祭りとかとは別の、『こどもの日』にやってるお祭り。なんでかこの町、五月人形とか鯉《こい》のぼりに気合い入ってんだよな」

翔の言うように、日本で祭りと言えば夏祭りだ。

ただ、地方や町によっては、三月三日の雛祭《ひなまつ》りなどを盛大に祝ったりもする。

この時小海町《ときおみ》もその例で、五月五日の『端午の節句』を大々的にやる。

「五月五日、GW中だね。たしか相影《あいかげ》くんが引っ越すのは……」

愛矢先輩が壁のカレンダーを見ながら、僕のスケジュールを確認する。

「その次の日だ」

この祭りの翌日、僕はこの時小海町を旅立つことになる。

GW明けには新しい学校に登校するので、それ以上は延ばせない。

「そっか……このお祭りが、実質最後のイベントになっちゃうんだね」

千亜希が寂しげに言う通りだ。

「むしろ好都合じゃない？　最後におあつらえ向きのイベントがあるってことでしょ？」

悠乃の言葉は、彼女らしい前向きな解釈だった。

「締めのイベントがあるってのはいいな」

「だとすると、この写真のT&Nが、締めくくりの一枚にできそうだね」

翔が好意的に頷《うなず》き、愛矢先輩は改めて写真を確認する。

「まあ、『お祭りの日に撮る』ってことにこだわるならな」

「こだわるべきだと思う」

愛矢先輩が、強い口調で断言する。

「この写真、背景の飾り物とか、宵の口の時間帯とかで、しっかりお祭りの空気を伝えてきてる。再現するなら、それも含めてにすべきだよ」

父の残したこの写真は、どうやら写真家に火をつけてしまったらしい。

「カメラマンがそこまで言うならそれでいいだろ」

「私《うち》も賛成。なんであれ『ここがゴール』って決めておくと、身の入り方が違うし」

翔《かける》に続いて、悠乃《ゆの》もこの写真を推した。

「うん、みんないい感じに写ってるし。せっかくT&Nを撮ってるのに、これを逃すのはもったいないよっ」

千亜希《ちあき》もこの写真のT&Nを見たいと思ってくれているようだ。

僕もそういう考えはあったが、予想以上の好評だ。

その上で――

「よかった。ただこの写真、一つだけ問題があってさ」

僕が言うと、他の面々が続きを待つ。

というか、みんなも写真を見ている間に感づいていたようだ。


「――この子、だれだ？」

僕が指さしたのは、写真に捉えられた一人の子供だった。

被写体は、小学生時代の僕、翔、悠乃、千亜希の四人。

それに加えて——指さした『五人目の子供』である。

「「…………」」

悠乃、千亜希、翔が、問題の『五人目』をじーっと眺めて、顔を上げた。

「え？　うそっ、誰《だあ》れん分《わ》からんの⁉」

「てっきり誰かのお友達だとばかりっ」

誰かが知っているだろうと思っていた様子の、悠乃と千亜希。

「あー、ちょっと待て、いたのは覚えてるんだ。でも名前が出てこねぇ！」

必死に思い出そうと頭を捻《ひね》っている翔。

そう、この写真——『誰だか分からない子』が一人いるのだ。

「え？　一緒に写真を撮るくらいだし、君たちと同じ小学校の同級生じゃないの？」

「たぶん、違う……と思う。いや、単に同級生だったのを忘れてるのかも」

愛矢《あや》先輩の確認に、僕は自信のない返事しかできない。

当時のクラスメイトなら覚えている——とは言えない。

小学校の同級生、その顔と名前、全員覚えているかと聞かれたらノーだ。

その頃は友達だったけど、その事実ごと名前を忘れた同級生……ゼロじゃない。

「んー、たしかこの日は、特に約束するでもなく祭りに行って、現地でお前らと会って、それで一緒に回ったんだ」

翔《かける》が指でこめかみを揉《も》みほぐし、記憶のサルベージを始めていた。

「そうそう、そこに普段見かけない子がいて、でもお祭りの空気のまま一緒に」

悠乃《ゆの》が眉間にしわを寄せ、千亜希《ちあき》も虚空を見上げて記憶を辿《たど》る。

「私、誰かのお友達だろうと思って、名前も聞かなかった気がする」

気がつけば一緒にいて、自己紹介もせず足並みを揃《そろ》え、屋台を巡ったのだ。

「それで、一緒だった父さんがこの写真を撮って、いつの間にかお別れしたんだ」

首を捻《ひね》った僕が思い出せたのは、そのあたりだけだった。

「つまり、誰も知らないのに、一緒に遊んで写真まで撮ってさよならしたの？」

愛矢《あや》先輩が僕たちの証言をまとめて、呆《あき》れ笑いを浮かべた。

「お祭りの空気と、子供の無警戒が成《な》せる業《わざ》だねぇ」

どうやら当時の僕たちは、名も知らぬ他人と一瞬でお友達になったらしい。

こうなると同級生という保証もない。町外から祭りに来た旅行者だってありうる。

「というか……この子って、男の子？　女の子？」

悠乃が改めて、写真に捉えられた五人目を指さす。

男か女かと言えば、それはもちろん――

「え？　男じゃねぇの？」

「いや、女の子じゃないか？」

翔と僕で意見が食い違った。

「服は……駄目だね、これ男の子でも女の子でも着れるやつだよ」

千亜希は服装から導こうとしたが、服装はパーカーとジーンズとスニーカーだ。

「小学生だと、スカートが嫌いでボーイッシュに決める子もたくさんいるんだよねぇ」

悠乃にそう言われてみれば、男の子みたいな女の子にも見える。

「でもほら、背とかオレたちと同じくらいだし、男子だろ？」

「僕もショウも当時そんなに背はなかっただろ。それよりこの髪は女子っぽいぞ」

「いや普通のショートだろ。髪質が柔らかそうだから女子っぽく見えるだけで」

翔と僕の議論に、悠乃も加わる。

「顔立ちは……女の子？　いやでも、隣のセージもだいぶ女の子っぽいし」

「悪かったな。そういう悠乃こそ、男前に育つ未来しか見えないぞ」

女顔だった僕と、格好《かっこ》いい系女子だった悠乃の例もあって、顔立ちでも判別できない。

性別すら不詳となると、誰の知り合いでもなかったのだろうか。

「……実は、初めからこの世に存在しない子だったりしてな？」

翔がぼそっと怖いことを言い出した。

「子供のふりをして子供を遊びに誘って、別の世界に連れて行くんだ。あの日オレたちを逃したこいつは、いまも諦めきれず、いつか同じ姿でオレたちの前に現れて――」

「やめんさい！」

悠乃《ゆの》が怒り出す。そういえば、怖い話に弱かったっけ。

「心霊写真でなくても、この『五人目』を探し当てるのは大変そうかなぁ……」

愛矢《あや》先輩が口惜《くちお》しそうに息を吐いた。

「この子を除外して私たち四人で、っていうのは？」

「代わりにぬいぐるみでも置くのか？　締めの一枚がそれじゃちょっと萎えねぇか？」

千亜希《ちあき》が恐る恐る提案するも、翔《かける》が腕組みして唸《うな》る。

「一《いち》写真家として言わせて――それはダメ。この写真、ちょっと崩したくないくらいにシンメトリーができてる。やるならせめて適当な誰かを代役に立てて……っ」

愛矢先輩が写真を睨《にら》みながら、軽く震えている。

あれは、美術品に落書きしろと脅されている芸術家の顔だ。

「保留にしよう。T＆Nが無理でも、お祭りの日に普通の記念写真を撮ればいい」

会議が停滞するようなものは後回し、委員長の経験からそう決める。

そして保留とは言ったが、実質は見送りだ。

どこの誰かも分からない『五人目』を探すのは、労力が大きすぎる。

「あ、そろそろ教室に戻らないと」

千亜希が時計を見て、昼休みの終わりが近いことに気付く。

「本当だ。まだ検討してない写真あるけど……」

悠乃は、机の上に並んだ他の写真を見て呟《つぶや》く。

「今日中に全部決めることもなくね？」

「そうだね。明日以降、昼休みに写真を検討して、放課後に撮るって流れがいいと思う」

翔と愛矢先輩の案を、僕も脳内で検討した。

「たしかに、撮影は放課後がいいな。じゃあ、写真は各自で保管しておいて……」

「今日の放課後はどうするか、だね」

僕の言葉を受け継いだ愛矢先輩は、候補に挙がった写真から、一枚を指さす。

「優先順位で言えば、雨夜《あまや》ちゃんの持ってきた『滑り台の写真』だね」

翔の『釣りの写真』や、悠乃の『お別れ会の写真』には、再現に準備が必要だ。

対して千亜希の持ってきたこの『滑り台の写真』なら、現場に行けばすぐ撮れる。

他の面々も頷《うなず》いたとき、予鈴が鳴り響いた。

○

幼少期——『お友達との待ち合わせ』といえば、どこだったろうか？

特に約束してなくても、ここに行けば誰かいるという場所はあっただろうか？

どこそこの公園、なにかしらの店、だれそれの家の前、いずこかの神社の境内。

僕たちの場合は、近所の幼稚園だった。

「この道なつかしー。車も滅多《めった》に通らないから思う存分にボールとか蹴れたよね」

住宅街を抜ける平凡な道路を、悠乃《ゆの》が懐かしんでいる。

以前はよく通ったけど、いまは通らなくなった『死角』のひとつだった。

「こんなに狭くて短い道だったんだ……昔は地平線まで続いてるように見えたのに」

千亜希《ちあき》が口にするのは、幼少期以来の場所に来た人が、必ず抱く感傷だろう。

「家も小さく感じるよな。もちろん、僕たちが大きくなったんだけどさ」

僕は左右の民家を見ながら、おぼろげな記憶との誤差を感じる。

「小さい子供とかこーんな背丈でしょ？　そりゃ世界中がビッグサイズになるよ」

悠乃が自分の腰あたりで、手をひらひらとさせる。

そう、当たり前のことだけど、子供の頃は小さかったのだ。

民家は城、電柱は塔、路地は長大で町は広大、大人たちは巨人だった。

反して地面は近く、野花や虫がすぐ目について、白線や側溝に興味をそそられた。

いまの僕たちが屈《かが》んで歩くような視点で、よくもまあ町中を駆け回っていたものだ。

「ほら、あそこに幼稚園が、あって……」

千亜希が景色の一角を指さして、言葉を切る。

この道を歩いていくと、色鮮やかな遊具の並ぶ幼稚園がある。

あの場所ではいつも、待ち合わせた友達が待っているか、待たずに先に遊んでいた。

そんな場所が——ぽっかりと、景色から抜け落ちていた。

建物がない、植木がない、遊具がない。

遠目からも明らかな欠落は、近付くにつれてより大きくなる。

構造物が撤去されて見晴らしがよくなった敷地で、雑草が春風に吹かれていた。

まるで住宅街に開いた風穴のような、空き地だ。

「うわぁ、本当になくなってる……」

悠乃が切なそうな声を出して、歩調を速める。

僕と千亜希も同じような心地で、その後を追う。

道路と敷地を区切る緑色のフェンス越しに、幼稚園跡地を眺めてみた。

ブランコがない。

全力でこいで『靴飛ばし』の距離を競っていた、あのブランコがない。

幼稚園の園舎がない。

お歌を歌い、お絵かきをして、折り紙を折ったり演劇をしたりした場所がない。

砂場がない、アスレチックがない、ジャングルジムがない。

こんなに小さかったんだと懐かしむはずのものが、なにもない虚空になっていた。

それでも――

「お、来たな。これこれ、この滑り台だろ？」

翔《かける》が僕たちを呼んでいる。

自転車通学の翔と愛矢《あや》先輩が先に来て、徒歩の僕と悠乃《ゆの》と千亜希《ちあき》が遅れて来た形だ。

閉じるもののない出入り口を通って、敷地に入る。

踏み折られた雑草から緑の香りが立ち上り、風にさらわれ、傾いた日に溶けていくその先に――錆《さ》び付いた滑り台が、静かに佇《たたず》んでいた。

「本当だ、滑り台だけある！　ほら、写真と同じだよ！」

千亜希が持っていた写真を僕と悠乃に見せる。

「もうちょっとこっちからだな。たぶんこの角度だ」

僕は千亜希の手元を覗《のぞ》き込み、この写真の撮影者がいたと思《おぼ》しき地点を導く。

その位置で写真を視界に上下させると、今と昔の滑り台がぴったり重なった。

鉄骨が汚れ、塗装も剥《は》げているけど、間違いなく同じ滑り台だ。

「アーヤ先輩、もう近付いていいっすかー？」

もう親しくなったのか、翔が愛矢先輩を呼ぶ。先輩は滑り台にデジカメを向けていた。僕たちが到着する前から、熱心に滑り台を撮影していたようだ。

「予行練習ですか？」

「それもあるけど……なんだか絵になっていたから、つい」

僕の問いに、愛矢先輩はデジカメの画面を見せながら、てへっと笑う。

新緑の草が生えた空き地にぽつんと立つ、錆《さ》びた滑り台——という写真だった。

ローアングルから撮られた写真は、周囲の民家を写していない。

都会から切り離された草原で、草花と夕空の間に古びた滑り台があるような一枚だ。

「うわっ、愛矢先輩、撮るの上手《うま》い！」

「これ私《うち》も欲しいっ、写真のデータとかもらっていいですかっ？」

千亜希と悠乃が目を丸くしていた。

「いや、むしろこれもアルバムに加えるべきだろ」

「同感だ。そうしないともったいない」

翔と僕も興奮を禁じ得ない。

「もうっ、私をおだてるより撮影でしょっ？」

面映《おもは》ゆそうな愛矢先輩だった。

普段は生徒会写真部でお堅い写真を撮るばかりであまり注目されなかったが、こうして芸を凝らした写真を見ると腕前が分かる。

カメラマンの腕が確かなら、後は僕たち被写体の仕事だ。

「写真通りにやるなら全員で乗ることになるけど……倒れないよな？」

「お前らが来る前に乗ってみたけど、ヤバい音はしなかったぞ。全員で左右に揺らすとかしなけりゃ大丈夫だろ」

僕の懸念は、翔《かける》が事前に解消してくれたようだ。

「それじゃあ配置についてー」

愛矢《あや》先輩がカメラを構え、僕たちは十年以上もご無沙汰だった滑り台の上に乗る。

「上から明丸《あけまる》くん、朝陽《あさひ》ちゃん、相影《あいかげ》くん、雨夜《あまや》ちゃん。電車ごっこ式に肩を掴《つか》んでね」

幼稚園児の頃と違って大きな体では、所定の位置に並ぶのも一苦労だった。

「あ、ごめんセージ、足が当たっちゃう。靴とか脱ぐ？」

「多少はいいよ。にしても足が入らないなこれ」

「久しぶりに座るけど、意外と急なんだね、滑り台って」

「お前ら揺らすなよー、昔と違って重たくなってんだからな」

重くない！　と、悠乃《ゆの》と千亜希《ちあき》が声を揃《そろ》えた。

どうにか指示通りの順番に並び、膝を曲げて前後を詰めて、目線を愛矢先輩に揃える。

「んー、とりあえず試しに一枚撮るね」

愛矢先輩がそう言ってシャッターを切り、僕たちに写真を見せにくる。

……全員が、芳《かんば》しくないうなり声を零《こぼ》した。

「よく撮れてる……かな？」

「見るからに窮屈そうだね」

千亜希がお世辞を言い切れず、悠乃はきっぱりと口にする。

「元の写真とのシンクロ感が全くねぇな」

「全員大きくなったからな。両端のショウと千亜希が少し見切れてるのも気になる」

翔と僕も、T&N写真としてはいまいちな出来だと感じていた。

同じ場所で同じポーズを撮ったからといって、理想的な写真にはならないようだ。

「よし、ポーズは一致しなくなるけど調整しよっか。相影くんと明丸くん、両足を開いて伸ばせる？　朝陽ちゃんと雨夜ちゃんは足の間に入って。朝陽ちゃんは正座で」

愛矢先輩が僕たちのポーズを指定した。

「こうか？　千亜希、横に足を通すぞ」

「うん、いいよ」

滑り台の横幅には余裕があったので、僕は足を開いて膝を少し伸ばす。

滑り落ちないよう片手で縁を掴みつつ、両足を千亜希の左右に通した。

「雨夜《あまや》ちゃん、もうちょっと上に。気持ち仰向《あおむ》けに倒れる感じで」

「えっと、ごめんね誠治《せいじ》くん」

千亜希《ちあき》も体を上に持ち上げ、僕の足の間に座るような形で距離を詰めた。

近い……と、意識せざるを得ない距離だ。

足の間に女の子を座らせて、自分の胸を背もたれにさせる——恋人めいた距離だ。

「それで、私が正座？　滑り台の上で無茶言うなーもう。セージ、ちょっと肩借りるね」

背後では、悠乃《ゆの》が体育座りから膝立ちに移行していた。

僕の両肩に手を置いて足の形を変えると、先ほどよりも互いの上半身が近付く。

「もうちょっと前かな？　そうすれば明丸《あけまる》くんの入るスペースができる」

「もっと前っ⁉」

愛矢《あや》先輩の指示に焦りつつも、悠乃はより僕の背中に距離を詰めた。

（当たっ……てない！　ギリセーフ！）

こんなんでも十代の男子だ。

後ろ髪を掠《かす》める悠乃の制服の胸元について、心が鋭敏になるくらいは許してほしい。

「こらーっ、まだ距離感があるよっ？　幼馴染《おさななじみ》の仲良し感が足りないぞーっ」

だというのに愛矢先輩はこだわりを見せ始めた。

さながら役者に檄《げき》を飛ばす撮影監督といったところか。

「ちょ、早くしろって、足がつる！」

「私《うち》も膝が痛いかもっ」

翔《かける》と悠乃《ゆの》が悲鳴を上げる。

「愛矢《あや》先輩はこうなると長い。ちょっと恥ずかしいのは我慢しよう！」

滑り台の半ばで停止している僕も、突っ張っている足が震えてきた。

「だよね……っ、誠治《せいじ》くん、胸借りるね？」

千亜希《ちあき》は更に距離を詰めて、僕の胸にぴったりと背中を預けて寄りかかった。

「ああもうっ、セージもこっち！」

悠乃に肩を引き寄せられ、僕もまた悠乃の胸に寄りかかるような角度となった。

ふわっ――と、後頭部に感じる柔らかい感触に、思考が飛ばされた。

違う、『恥ずかしいのは我慢しよう』と言ったのは、表情が硬くならないようにという意味であって、密着しようという意味じゃない。

しかし悠乃と千亜希は距離を詰めてきた。

前に千亜希を抱き抱え、背後の悠乃に抱き抱えられるような姿勢だ。

「そうそういいよー笑ってー。３、２、１――」

テンションが高くなった愛矢先輩がシャッターを切った。

一枚と言わず何枚も、微調整を繰り返しながら、日が傾くまで。

「いやー、撮った撮ったぁ。みんなお疲れさまー」

十数分後、満足した愛矢先輩の前で、僕たち幼馴染《おさななじみ》は疲れ果てていた。

「き、きつかった……」

「滑り台って、こんなにカロリー使うものだっけ？」

悠乃と千亜希が、負担のかかった足腰を手でさすっている。

「あー普段使わない筋肉使ったわー」

「僕も……足、軽くつった……」

翔は肩を回し、僕は自分の太股《ふともも》を撫《な》でていた。

「ごめんごめん。でも、頑張った甲斐《かい》はあったと思うよ？」

愛矢先輩がデジカメをこちらに持ってくる。

「おお……」

誰の口にした感嘆だったか。少なくとも、僕一人のものではなかった。

「こっちが子供時代の写真」

愛矢先輩が、デジカメ画面の上に、子供時代の写真を並べる。

流石《さすが》に園児の頃とは手足の長さが違うため、まったく同じポーズとはいかなかったが、
楽しそうな表情、無邪気なポーズ、男女を意識しない距離感は共通している。

「今と昔を並べて一枚の画像にするのは、家に帰ってからパソコンでやるけど――」

愛矢《あや》先輩が僕に目を向ける。どうかな？　と、写真の合否を聞いてきた。

「いいと思う。というか、ちょっと舐《な》めてた……」

素直に感動していた。

いま撮った一枚だけでも見応え十分なのに、昔の写真と並べられる。

T&Nとはそういう写真だが、いざ被写体になってみると感慨深い。

「正直、これ一枚だけで、もう満足できる」

もし、人生のどこかで友人のことを自慢したければ、これ一枚で事足りる。

僕には、こんな小さな頃から付き合いがあって、こんな写真を一緒に撮れる仲の奴《やつ》らがいたんだぞ――と。

「また泣くなよ？」

「泣かねぇよっ」

翔《かける》の揶揄《やゆ》で教室での醜態を思い出し、つい声を上げると、悠乃《ゆの》と千亜希《ちあき》が笑い出す。

「ありがたい評価だけど、一枚だけで終わらせる気はないよ？」

愛矢先輩はデジカメの画面を閉じた。

「そうそう、時間はたっぷりあるしね」

悠乃がそう言うと、僕は静かに衝撃を受ける。

僕が転校するまで、あと二十一日。

こんな写真を撮る機会が、あと二十一日ある。

タイムリミットだと思っていたものが、たった一枚の写真で、その逆になっていた。

○

子供は家に帰りましょうという町内放送が聞こえ始めた頃、僕たちも解散となった。

翔と愛矢先輩は自転車で帰り、僕と悠乃と千亜希は徒歩で帰路につく。

「はぁ、それにしても……」

「ゆーちゃん？　どうしたの？」

「いやぁ、滑り台があったのはよかったけど、他の遊具を見れなかったのが残念で」

悠乃が答えると、千亜希も「分かる」と同じ表情になる。

「あの滑り台の近くに、あれがあったよな。名前分からないけど、ぐるぐる回るの」

同意ついでに思い出そうとするが、指示語が多くなってしまった。

「あれでしょ？　ジャングルジムをボール型にして横回転させるやつ。ここ最近は事故が多いとかで見かけなくなったあれ」

悠乃が手振りで回転を表すと、千亜希が笑顔で僕を見上げた。

「昔、誠治《せいじ》くんと翔《かける》くんが、中に入った私が泣くまで猛回転させたやつだよね？」

「悪かったって」

いくらなんでもそんな昔の悪事は水に流してほしい。

「飼育小屋もあったよね？　ウサギだっけ？　飼ってたの」

「ニワトリじゃなかったっけ？」

「両方いたぞ。千亜希《ちあき》がニワトリに追い駆け回されてたのを覚えてる」

「だ、だって園児だよ？　あのくらいの子供から見たニワトリとかコカトリスだよ？」

ゲームとかに出る鳥型のモンスターだそうだ。

「そういえばこれ覚えてる？　先生が一人転勤することになって、お別れ会したとき」

「あった！　みんなでお歌を歌ったら先生がぼろ泣きしちゃったの！」

と、悠乃《ゆの》と千亜希が懐かしんでいたときのことだ。

「っ！」

不意に——悠乃が足を止めた。

視線を追った千亜希も、ぴたりと動かなくなる。

僕も前を見ると、二人が足を止めた理由を目の当たりにする。

それと同時に、翔の言葉を思い出していた。

『実は、初めからこの世に存在しない子だったりしてな？』

――子供が、いた。

『子供のふりをして子供を遊びに誘って、別の世界に連れて行くんだ』

小学校高学年くらいの背格好《せかっこう》。

女の子っぽい男の子にも、ボーイッシュに決めた女の子にも見える。

『あの日オレたちを逃したこいつは、いまも諦めきれず』

夕日で家々が赤く染まる黄昏時《たそがれどき》、影が濃くなる逢魔《おうま》が時《とき》。

誰も名前を知らなかった『あの子』とよく似た姿が、あの日と同じ姿で――

『いつか同じ姿でオレたちの前に現れて』

まっすぐに、僕たちの方へと歩いてきていた。

「……っ」

夕日を背にしているせいで、その子供の顔は見えない。

それでも、遠目に見えるその口元が、楽しそうに笑っている気がした。

まるで、懐かしい友達と再会でも果たしたかのように。

頭では分かってる――ありえない。

僕たちはすっかり大きくなっているのに、あの子だけ子供のままなんて、ありえない。

なのに、なぜか僕たちは、『あの子なのでは』と確信めいた予感を抱いていた。

背筋を凍らせ、金縛りのように動けなくなった僕たちの前で、その子供は――

「ただいまー」

くるりと曲がって、民家に入っていった。

……なんのことはない、その家に住んでいるお子さんだった。

「ぶはっ、びっくりした」

思わず声に出した僕と同じく、悠乃《ゆの》と千亜希《ちあき》も脱力する。

「あー驚いたぁ。そうだよね、子供がおうちに帰ってくる時間だもんね」

千亜希も笑いながら、指で抓《つま》んでいた僕の制服に気付いて手を離す。

「ゆーちゃんがあんな顔するから、私まで――」

目を向けると、悠乃は僕の袖を掴《つか》んだままだった。

「悠乃？」

呼び掛けると、うつむき加減だった悠乃の唇が動く。

「ぶ」

ぶ？　と、僕と千亜希の声が揃《そろ》う。

「ぶちこわかったぁ」

顔を上げた悠乃は涙目だった。

目はうるうると、体はぷるぷると、普段の勝ち気は見る影もない。

怪談系のプレッシャーを受けると涙腺に来ることがあるが、悠乃もそうらしい。

「ビビりすぎだろ」

「だ、だって！　学校でショウがあんな怪談話したから！　服装も似てたし！」

悠乃は慌てて僕の袖から手を離す。

怪談話なんて言えるほどじゃなかったが、苦手な悠乃の頭には刻まれていたらしい。

「だ、だよねっ、私も危うく幽世《かくりよ》に連れてかれちゃうかと思ったもん！」

「そうだなっ。八尺様とかスレンダーマンとか誘拐系の都市伝説かと思うよな！」

「やめやめっ、そういう怪談用語を出すのやめてーっ」

千亜希と僕が慌てて話を合わせると、悠乃は耳を塞いでしまった。

ちょっと悪戯心《いたずらごころ》が湧いた……

「ちなみに悠乃、日本の神様は夕方にお社から退勤するもので、ご威光を怖れていた悪霊や魔物はその時間帯から活動し始めるらしいぞ？」

「なんでいまそんな怖いこと教えるのっ⁉」

「もう、ダメだよ誠治《せいじ》くん？　そうやって若い男女がイチャついてると、ホラーの鉄則で最初の犠牲者になっちゃうよ？」

「ちぃちゃんまで意地悪になった！」

僕たちはそれぞれの家に帰っていく。

数年ぶりに歩く、あの頃の帰り道を、子供のように騒がしく。

○

夕食後、部屋で寛《くつろ》いでいた頃のこと。

スマホがメッセージの受信を告げた。

転校アルバムに際して作ったLINEグループへの送信だ。

【愛矢《あや》／写真をアルバムに追加したよ。アプリの方で確認してみてね】

メッセージを見た僕は、昼休みにインストールしていたアルバムアプリを開く。

これといった癖のない、登録した友達同士で写真をアップしたりコメントしたりできるアプリだ。SNSに投稿するのと違って、部外者の目を気にせずに済む。

写真は三枚。滑り台だけの写真と、それに乗る幼少期の僕たち、そして今日の僕たち。

【愛矢／昔と今を一枚に並べた写真も、後で追加するね】

トーク画面もあり、そこに愛矢先輩の注釈があった。

真っ先に返信すべきは僕だろう。

【誠治《せいじ》／ありがとう。いい写真です】

【誠治／追加は時間に余裕があるときでいいですからね？】

同じメッセージを受け取ったのだろう、他の幼馴染《おさななじみ》も反応し始める。

【千亜希《ちあき》／よく撮れてる！】

【悠乃《ゆの》／めっちゃいい！　これずっと残せるの？】

【翔《かける》／額縁とかも選べるのか。アプリもやるもんだな】

それぞれのアイコンを見てみると、千亜希は飼い猫、悠乃は意外にも漫画キャラ、翔はなぜか獅子舞《ししまい》で、愛矢先輩は風景写真、僕はデフォルトのままだ。

画像をタップして、改めて写真を見る。

前後を千亜希と悠乃に挟まれた僕が、ちょっと役得な感じだ。

（大事にしよう）

なにひとつ邪《よこしま》なもののない心で、そう誓った。

「誠治ぃー？」

「ん？　どうぞ」

母の声と共に扉がノックされる。一度スマホを置いて椅子から立ち、扉を開くと――

「はいこれ、追加の写真」

母が持ってきたのは、何枚かの写真だった。

「追加？　ああ、探させちゃったのか。ごめん、ありがとう」

昨日受け取ったもの以外にも、別の場所に保管されていたものが出てきたらしい。

「お夕飯なににする？」

「任せる。というか言ってくれれば僕が作る」
「病人じゃないんだから。もうちょっとお腹《なか》でっかくなったらよろしくね」
ケラケラと笑って、母は部屋を出て行った。
妊婦は味覚も変化するというし、自分好みに作ってもらった方がいいかもしれない。
ひとまずいまは、持ち込まれた写真を確認する。
「ああ、このときか……」
時期は小学校低学年、場所は町の市民体育館だ。
一緒に写っているのは――悠乃《ゆの》。
子供の頃に通っていたバドミントンスクールでの写真だ。
小学二年か三年くらいの僕と悠乃が、ラケットを構えて満面の笑顔を見せている。
(この頃だけは、僕の方が強かったな)
それ以降は、悠乃がめきめきと上手《うま》くなっていき、最後は僕が負け越したまま転校だ。
そういえば――
『中学ではバドミントン、引っ越す前はこっちで地域クラブやってたし』
『ゆーちゃん背が高いから強そうだね。高校でもやってたの?』
『んー、いまはやってないけど……』
悠乃と千亜希《ちあき》の間で、そんな会話があったことを思い出す。

（あのときは病弱なせいかと思ったけど、勘違いだったよな。なんで辞めたんだ？）

思えば聞きそびれていた。

高校に進学してからはやらなかった――というのとは、違うニュアンスを感じる。

（……転校したのをきっかけに？）

高校でもやっていたけど、転校した後はやっていない――そうとも取れる。

もちろん、深刻な理由があるとは限らない。

ある意味でクラスメイトよりも密接な人間関係が構築されている部活動というものに、転校生として途中参加するのはハードルが高かった、という理由でも納得できる。

ただ――

『後悔するよ、それ』

僕にアルバム制作を提案してくれた日、悠乃はそう言った。

（悠乃は……）

あの瞬間だけ、彼女はまるで酸いも甘いも噛《か》み分けたかのような顔をしていた。

「後悔、したのか？」

T&Nの撮影ばかり考えていて、すっかり忘れていた。

朝陽《あさひ》悠乃は――『転校生』だったのだ。

◇幕間《まくあい》

【千亜希《ちあき》／よく撮れてる！】
【悠乃《ゆの》／めっちゃいい！　これずっと残せるの？】
【翔《かける》／額縁とかも選べるのか。アプリもやるもんだな】
千亜希の手にしたスマホに、メッセージが表示されている。
メッセージ以外には滑り台の写真が表示されており、全員が笑顔を振りまいていた。
（誠治《せいじ》くんがこんな風《ふう》に笑うの、子供のとき以来かも……）
自分の提案したT＆Nがこの笑顔を引き出したとすれば、嬉《うれ》しいことだ。
生徒会選挙の件について言いたいことはあるが、いまは許してあげよう。
「ふう」
ルームウェア姿で、デスクチェアに寄りかかる。
部屋は――正直に言って汚い。
漫画やゲームに服や化粧品が、整理整頓とは真逆の概念を部屋に具象化していた。

先日、誠治の部屋を見て、改めて自覚したが……割と不精者なのである。

向かっている机の上も相応だ。

PCを中心に読みかけの文庫本や学校の書類、お菓子の袋やサプリなどが乱戦模様だ。

いまはそこに、重ねられた写真の束も加わっている。

（使えそうな写真がないか、もう一回見てみよっと）

スマホを置いてPCを操作、幾つかの写真を表示させる。

T&Nのため両親に出してもらった幼少期の写真だ。

やはり娘の写真ばかりで、誠治たちと一緒の写真は多くない。

滑り台の写真はT&Nに最適だったが、あれ以上の素材はもう出ないだろう。

データの方を切り上げて、現像されていた写真の束を調べていく。

（思えば、ゆーちゃんが転校してすぐだったかなぁ。男の子と女の子で別々になっていって、中学に入って……）

写真を見ていれば、自然と当時のことを思い出す。

幼馴染《おさななじみ》とはいえ、仲良しこよしではなかった時期はある。

悠乃がいなくなったからではなく、成長による自然な距離感の変化によってだ。

（あの頃は、誠治くんのお父さんが亡くなって、ちょっと触れがたかったし……）

そうした事情もあり、中学時代に誠治や翔と映った写真は見当たらない。

「…………」

ふと、手が止まる。

重ねていた現像写真を捲《めく》っていた指が、一枚の写真を見て静止した。

【翔《かける》／先輩、こういう写真を撮るときのコツってあります？】

【愛矢《あや》／あるよー。今度教えてあげる】

【悠乃《ゆの》／私も聞きたい！】

【誠治《せいじ》／気を付けろ、上達すると写真部の跡継ぎにされるかもしれないぞ】

【愛矢／なんでバラすかなぁ!?】

机に置かれたスマホの画面に、メッセージが現れては消えていく。

やがて、止まっていた時間が動き出したように、指が一枚の写真を束から抜いた。

「…………」

無言で椅子から立ち上がる。

部屋の隅に行くと、畳んでいない服を足でどけて、棚から箱を引っ張り出した。

——蚊取り線香の箱だ。

日本の夏の風物詩、豚を模した置物の中に入れたりもする、渦巻き状のあれだ。

箱の中には、夏に余らせた線香と、乗せるための灰皿、着火用のライターがある。

床に皿を置き、ライターを手に取り——

写真に火を点《つ》けた。

二人の少女を写したものだ。

派手な髪色の女の子と、地味な黒髪の女の子。

その写真の端が焦げ付いて黒ずみ、オレンジ色の火が濡《ぬ》らすように広がる。

皿に写真が置かれて火事を防ぎ、窓を開いて焦げ臭さを逃がす。

歪《いびつ》なキャンドルと化した写真が、急速に面積を減らしていく。

もはや取り返しは付かない。思い出の証がいまひとつ、不可逆の灰となる。

その様子を、終始淡々と、千亜希《ちあき》は見ていた。

薄暗く曇った瞳に映る残り火が、音も無く消えていった。

◇第七話　四月十六日、あと20日・朝

翌朝、今日も悠乃《ゆの》・千亜希《ちあき》と、駅で合流する。

先日は空気が硬かったが、いまとなっては和やかな空気での登校だ。

「なんか、人が多くない……？」

外から駅を見て、悠乃が足を止めていた。

ベルトコンベアで運ばれるように動く群衆と、潮騒《しおさい》めいた足音、それを押し流すような
アナウンスに、幾多の香水が混ざる独特な空気が震える——よくある駅の混雑だ。

「いまが一番混む時間だからな」

「次の電車を見送ると、だいぶマシになるの。昨日までゆーちゃんが乗ってたのはそれ」

僕と千亜希が説明するように、昨日はもう一本後の電車に乗っていた。

首都圏だと一本や二本見送っても大混雑だろうが、時小海《ときおみ》くらいの地方都市なら、一つ
見送れば余裕が生まれてくる。

しかし今日は、混雑する方の時間帯に来てもらっている。その理由は——

「前にも言ったけど、空《す》いてる時間を選ぶと遅刻ギリギリなんだ。そっちは寝坊の保険に残して、普段はこの時間に乗っておくと安心だぞ?」

言いながら先導して、改札口に向かっていく。

「私の知ってる駅の光景じゃない……人類ってこんなにいたの?」

世界の人口問題を憂う悠乃は、僕と千亜希の間に隠れるようにして改札口を通過した。

僕もこの地方都市を出て首都圏の駅を見れば、同じような顔をするのだろう。

「前に住んでたとこでは、そんなに空いてたのか? 電車」

「小学生の頃、車内で世界体操ごっこして乗務員さんに叱られたくらいには」

できる路線が存在することより、やる度胸と運動神経に驚かされる話だ。

「というか、こんなに人いて大丈夫なの? スリとか痴漢とか」

「スリは今日び聞かないけど、学校で痴漢の注意喚起はあったかな?」

「あるのっ?」

悠乃が千亜希の返答に慌てだし、罪の無いおじさんたちが微苦笑で距離を置いていく。

「あくまで防犯上のアナウンスだ。なるべく友達と一緒にってな」

補足しつつ階段を下り、乗車を待つ列に加わった。

「とりあえず、今後電車で通学するなら、千亜希と待ち合わせるようにしてくれ」

もし女子だけでも、一人で乗車するよりは狙われにくいだろう。

「そうする。都会やっぱ怖いわー……あ、そっか。だからセージも電車だったんだ」

悠乃《ゆの》はふと気付いたようにこちらを見上げた。

「ん？　だからって？」

「私が来る前は二人で登校でしょ？　セージがいなかったら、ちぃちゃん一人じゃん」

……無駄なところで勘のいい幼馴染《おさななじみ》だ。

「いや、単に僕も電車通学だから……」

「家に行ったとき、結構いい自転車があったよね？　あれセージのでしょ？」

悠乃は悪戯《いたずら》っぽい笑みで追撃してくる。先日家に呼んだとき、目敏《めざと》く見つけたらしい。

「……部活とかしてないから、運動不足の解消に使ってるだけだよ」

「だったらなおのこと、自転車通学じゃない？　部屋を見た限り節約志向みたいだし」

下から覗《のぞ》き込んでくる悠乃から顔を背ける。

結果的に千亜希《ちあき》を見ると、目をぱちくりさせていた。

いままで気付いてなかったことに、いま気付いたという顔だ。

まあ、転校すれば一緒に登校できなくなるから、悠乃がその位置を代わってくれるなら安心だ……とは思っている。

「乗ろう」

電車が到着したのをいいことに話を打ち切り、人の流れに乗って車内に入る。

背後から、悠乃が面白そうに笑う声と、

「…………」

千亜希が、無言で服の裾を抓《つま》む感触がした。

――教室に入ると、翔《かける》の周囲に人が集まっていた。

顔ぶれを見ると、体育会系男子の有水《うすい》や、ギャル系女子の金枝《かなえ》。

新学期に新しく編成されたクラスメイトの中でも、比較的に親しい生徒たちだ。

「おう、おはようさん」

「あ、委員長聞いたよー？　なんか面白い写真撮ってるんだって？」

有水と金枝が、こちらに気付いて顔を向ける。

どうやら翔からT&Nのことについて耳にしたらしい。

「ちょうどよかった。あの写真を見せてやろうと思ったんだけどさ、ついでにアルバムの閲覧許可もしてやってくれよ。オレこういうデジタルなの苦手でさぁ」

「ああ、もちろん。アプリを入れて、LINEと連携してくれ――」

机に荷物を置いてから、アプリを入れて、アカウントを通じて招待を送る。

現状のアルバム登録者は、僕と悠乃と千亜希に翔、そして愛矢《あや》先輩くらい。

そこに、この場の級友たちも加わってくれるらしい。

「うわっ、なにこれ可愛《かわい》いんだけどっ！　これ委員長たちっ⁉」

「へー、こういう写真の撮り方があるんだな」

金枝《かなえ》は園児の僕たちに興奮し、有水《うすい》はT&Nに感心する。

写真は愛矢《あや》先輩が新しくアップロードしてくれたものだ。

幼少期の僕たちと、つい先日の僕たち――同じ滑り台に乗る二枚の写真が、画像加工で上下に繋《つな》げて一枚の写真にされている。

「はーい、園児の服を着た委員長を見たい人ぉーっ」

「微妙に誤解を招くの止《や》めろっ」

金枝がクラスに呼び掛けて驚愕《きょうがく》を招いた。

スモックを着ているのは園児の僕であって、現在の僕ではない。

なぜか副委員長の望月《もちづき》が勢いよく立ち上がり、駆け込むように写真を覗《のぞ》き込んでいる。

「あら、委員長ってこんな風《ふう》に笑えるんですね」

屈託なく笑う僕が珍しいようだ。普段そんなに仏頂面なのか、僕は。

「こういう写真を撮ってアルバムにするのか？」

有水がT&N写真を指さす。

「T&Nはあくまで目玉だ。普通の記念写真もなるべく撮るつもりだ」

T&Nしか撮らないということはないし、被写体を僕たち幼馴染《おさななじみ》に限定する気もない。

なんなら僕がカメラを持って他の誰かを撮影しても構わないのだ。

「じゃあみんなで写真撮るのもありだよね？　どっか行こうよ！」

金枝が勢いよく提案してくれた。

「おっし、じゃあ適当に計画立てるか。ボーリングでもカラオケでもなんでも。セージはそういうの付き合い悪かったし、どうせ転校するなら地元の遊び場を制覇していけよ」

翔《かける》が提案を後押しする。

たしかに、生徒会の手伝いや勉強で、その手のことに時間を割かなかった。

いまにして思えば、友達甲斐《がい》のない男だったかもしれない。

「地元の制覇か……その発想はなかったな」

旅立つ前に、友達と生まれ育った町のことをつぶさに見ておく。

郷土愛とは言わないが、そのくらいはしておくのが、友と故郷への誠意だろう。

「それ、私《うち》も行ってみたい！」

悠乃《ゆの》が賛成側に回った。目が輝いている。

「なんかゆーが急にテンション上がったな」

「ほら、ゆーちゃん前は田舎だったから……」

田舎から来た悠乃は、（比較的に）都会である時小海《ときおみ》の娯楽施設が興味深いようだ。

「そうだな、じゃあ行き先とそれぞれの時間を決めて――」

眼鏡の縁を抓《つま》んで音頭を取ろうとすると、

「はい、誠治《せいじ》くんはちょっと待っててね？　誠治くんに任せたら修学旅行になっちゃう」

千亜希《ちあき》に笑顔で『待て』を命じられてしまった。

「あ、分かる。セージってしまいには『しおり』とか作りそう」

悠乃《ゆの》までこの言いようだ。

「とりあえず駅前の娯楽施設からじゃない？」

「飯も食おうぜ？　地元の名店を巡るとかさ」

金枝《かなえ》や有水《うすい》も計画を広げてくれている。僕が委員長風を吹かす必要はなさそうだ。

「セージ」

こっそりと、悠乃が耳打ちしてきた。

「まだ、『軽い感じに転校したい』って、思ってたりする？」

からかうような笑み、しかし声音は真剣に聞こえた。

「……なんでそう思ってたのか、いまじゃさっぱり分からないよ」

僕は負けを認めるように肩を竦《すく》めるのだった。

実際、本気で分からない。

悠乃に転校アルバムを提案される前の僕は、『これ』を、みんなが自分を見送るために何かしてくれることを、いらないと思っていたらしい。

そうすることで、自分は何を得て、何を失わずに済むと思っていたんだろうか？

「そっか」

悠乃は僕の返答を聞いて微笑《ほほえ》む。

安心したようでいて、どこか寂しげな、真意が気になる笑みだった。

そこで予鈴が鳴り、クラスメイトと遊びに行く計画は持ち越しとなる。

（でっかい『借り』だよなぁ。これ）

悠乃が始めてくれた転校アルバム。その価値を思えば、恩に着ないわけにはいかない。

僕はこの借りを、転校するまでの短い時間で――ちゃんと返すことができるだろうか。

○

昼休み――僕たちは昨日に引き続き、生徒会写真部の部室に集った。

「制作委員長を決めよう！」

びしっと手の平を向けて提案したのは、愛矢《あや》先輩だった。

「じゃあセージで」

「せめてどんな仕事なのか聞いてから押し付けろ」

確認もしない翔《かける》を止めて、愛矢先輩に説明を求める。

「いやー、昨日は勢いで私が仕切っちゃったじゃない？　ちょっと被写体を尊重し損ねたかなーと自省したわけなのですよ。作るべきは思い出のアルバムであって、クオリティの高い写真集じゃない。クライアントは君たちだったのに、ってね」

と、愛矢《あや》先輩は腕組みして首を捻《ひね》る。

「あー、あのくらいガチな撮影が今後も続くとなると疲れそうだな」

翔《かける》はこういうとき、言いにくいことをからっとした口調で言ってくれる。

悠乃《ゆの》や千亜希《ちあき》も、微苦笑で同意していた。僕は愛矢先輩に続きを促す。

「気を配っていただいたのは嬉《うれ》しいですけど、制作委員長というのは？」

「うん。昨日みたいに行き当たりばったりで撮影すると、どっかで問題が起きると思う。ちゃんと計画を立てて、準備して、私を使って撮影する。この舵《かじ》取りをする人が欲しい。経験上、このあたり雑談感覚で済ませちゃうと、どっかで事故るんだよねー」

面倒な体験でもあったのか、愛矢先輩は遠い目をした。

「うーん、言われてみれば、思い立ったが吉日すぎたところあったかも」

千亜希はやんわりと肯定する。僕も同意だ。

「そうだな。昨日は空き地同然だったからともかく、今後の撮影場所によっては、事前の許可なり準備なり必要になるか」

既に出ているT＆N候補の中にも、そういう場所がある。

「近頃は愚行を撮影して炎上した挙句《あげく》、学校にまで飛び火させる輩が多いって聞くしな。こっちにその気がなくても、火種を潰すためにしっかり計画を立てて撮影すべき――」

僕は途中で言葉を切ったが、もう遅い。

「セージがいいと思う人ぉー」

「「「はーい」」」

翔に続いて、悠乃も千亜希も愛矢先輩までも手を上げていた。

「この光景を、小学生の頃から何回も見てきた気がする……」

指で額を押さえていると、翔が肩に手を置いてきた。

「まあ待てセージ、現実問題、誰が適任者なのかを考えろ。雑なノリでやったらどうなるかは、いま先輩とお前が言った通りだろ？」

逆隣から、悠乃が思案する風《ふう》に口を開く。

「愛矢先輩は撮影に専念してもらわないとだし、私《うち》は転校してきたばかりで勝手が分からないし？　ショウやちぃちゃんがやっても、結局はセージがサポートするよね？」

「うんうん、やっぱりこういうのは誠治《せいじ》くんじゃないと」

千亜希がわざとらしくおだてた頃、僕は溜息《ためいき》を吐《つ》いた。

「えっと、提案しといてなんだけど、これ相影《あいかげ》くんのためのアルバムだし……」

愛矢先輩が少し焦っている。僕の溜息が誤解を与えたようだ。

実際、僕に贈《おく》る転アルの制作でリーダーを押し付けるのは、変な話だが……

「『僕だけのアルバム』ってわけじゃない。僕が転校した後もみんなで共有するんですから、変に気を遣うことはないですよ」

委員長に限らず、こういうリーダーポジションが僕に回ってくるのはいつものことだ。いまさら禍根になんかならない。

「僕たちのアルバムなら、いつも通りにするのが最良だろ」

なにより、僕だってこのアルバム制作を成功に導きたい。

代表者の不在が事故を招きうるとしたら、それは防ぐべきだし、自分の転校アルバムを自分で仕切る滑稽さくらい我慢しようじゃないか。

「――では、不肖この相影誠治《あいかげせいじ》、転アル制作委員会の委員長を務めさせてもらう！」

一秒後、僕はホワイトボードの前に立っていた。

「乗せといてなんだけど、いいのこれ？」

「誠治くんはこれが一番いいの」

悠乃《ゆの》と千亜希《ちあき》が内緒話をしているのが気になったが、こうなった以上はとことんやる。

「今日のT＆Nはこれ、悠乃の家で撮った『お別れ会の写真』だ」

先日、悠乃が提供してくれたT＆N素材、彼女が転校する直前に撮ったものだ。

「愛矢《あや》先輩、この写真を再現する上での要点は？」

「とりあえず君たちの配置。お部屋の内装の再現は難しいから諦めて加工する。代わりに料理とか食器とかテーブルクロスとか、同じものを準備したいかな？」

　妥当だろう。内装を再現すると、家具まで動かすことになる。

「悠乃、親御さんに話はしてあるか？」

「うん、お母さんにT&Nのこと話したら、いつでも来ていいって。クロスも食器も家に残ってるはずだから、同じの使えるよ」

「ありがたい。話がまとまったら改めて連絡してくれ。千亜希、料理は多少できたよな。この写真の料理、今日中に再現できそうか？」

　今度は千亜希に目を向ける。この中では料理上手だからだ。

「普通のご家庭パーティ料理だから大丈夫だけど、材料から作ると手間かなぁ」

「あまりキッチンを占領したらご迷惑だな。出来合い物で代用できるものは店で買って、どうしても調理が必要なものだけ台所を借りよう。材料のリストアップ頼む」

　要は調理実習や文化祭の飲食店だ。その経験を軸に考えればいい。

「できた料理はなるべく食い切る。食べ切れない分は、悠乃の家の夕飯にしてもらうか、タッパーに入れて持ち帰ろう。料理の写真だけ撮って捨てる現代馬鹿はしない」

　よく言った！　と愛矢先輩が賛同していた。

「終わった後の掃除も忘れずに、過程で出たゴミも全て回収して、夕飯前にお暇《いとま》する」

「セージ？　そこまで気を遣わなくても。うちのお母さんだって手伝うよ？」

「ダメだ。子供の頃ならまだしも図体《ずうたい》のデカくなった僕たちがぞろぞろ押し掛けるんだ。お母さんの手を患わせていいのは、土産の菓子折りの開封だけだ」

「セージが鬼真面目だ……」

　相手が構わないと言っても迷惑は迷惑、それは最小にすべきだろう。

「愛矢《あや》先輩は撮影担当、千亜希《ちあき》と悠乃《ゆの》は料理担当、僕と翔《かける》は前後の準備や掃除担当だな。放課後に必要なものを買い揃《そろ》えて朝陽《あさひ》家に行く。各自、担当分野でなにか気付いたことがあれば連絡してくれ」

　息を吐くと――唖然《あぜん》とする悠乃に、千亜希が「ね？」と笑いかけていた。

「噂《うわさ》に違《たが》わぬ委員長っぷりだねぇ」

「この道十年だからな」

　感心する愛矢先輩に、なぜか翔が自慢する。誰が推薦してきたせいだと思ってるのか。

　なにはともあれ時計を見ると、昼休みの三分の一ほどを残している。

　むしろ、そのために手早く進行したのだ。

「時間が余ったことだし……追加でT＆Nにできそうな写真があるんだ」

　僕が取り出した写真は、昨日見付けたバドミントンスクールでの一枚だ。

「あ、これ……」

悠乃が虚を衝《つ》かれたような顔をしていた。

「懐かしぃー。そういえばあったね！　こういうの」

妙な間の後、悠乃が我に返ったように笑みを浮かべた。

「これなら難しくなさそうだね。二人とも、同じラケットをまだ持ってたりする？」

愛矢先輩が聞いてくる。

「当時のなら、僕は物置にあるはずだ」

「私も……うん、あると思う」

僕に続いて悠乃も頷《うなず》くが、口調に普段の快活さがない。

「なら、これも折を見て撮影しよっか。それこそ学校の体育館でも借りて」

こうして、僕の持ってきた『バドミントンの写真』も、T&N候補に加えられた。

○

幼い頃、お誕生日などの日には、ちょっとだけ特別な食事を振る舞ってもらった。

ケーキがホールで出てくるとか、普段は使わないテーブルクロスが使われているとか。

そういうささやかな特別感が、毎日している食事を思い出に変える。

こうして思い出そうとして、僅かでも思い出せる程度には、記憶に留《とど》めてくれるのだ。

やがて大きくなった僕たちは、今日——一つ学んだ。

「パーティ料理の準備って、意外と大変だな」

放課後——僕たちは百貨店に足を運んでいた。

「お待たせー、野菜はこれで全部だよ」

「なぁ、春巻きの皮ってどこに並んでんだ？」

主婦層に賑《にぎ》わう食品店、買い物カゴを持つ僕のところに、愛矢《あや》先輩と翔《かける》がやってくる。

「お肉系もってきたよー。いやー都会は品数が多くて圧倒されるわ」

続いて悠乃《ゆの》が、お総菜コーナーからローストチキンや肉団子を確保してきた。

「ありがと。えっと、あとはサンドイッチとお寿司《すし》に——」

僕の隣では、千亜希《ちあき》がスマホのメモアプリで品目を確認していた。

「ショウは店員に聞け、あとサンドイッチ用のパンも頼む。愛矢先輩はフライドポテト、冷凍でいいです。悠乃はウインナーを忘れてる。僕と千亜希は寿司を見てくる」

「「「了解！」」」

僕の指示で、三人が兵隊のように出動した。

「誠治《せいじ》くん、意外とこなれてるね？　料理とかする方だったっけ？」

「つい最近からな。妊婦さんに任せきりにはできないだろ？」

「あ、そういうこと。ふふっ、誠治くんもちゃんと考えてるんだね」

千亜希が楽しげに微笑《ほほえ》んだ。

　母の妊娠が分かって以来、なるべく家事を覚えるようにしているのだ。

　ところで――いまの会話で周囲の主婦たちに注目されたようだが、気のせいだろうか。

「調べたけど、やっぱり妊娠となると食べ物には気を遣うんだな」

「たしか、生《なま》ものがよくないんだよね？」

「レバーやウナギの食べ過ぎもよくないらしいぞ。ビタミンAの過剰摂取がお腹《なか》の子にはリスクなんだとか」

「そうなんだぁ。私の好物、結構ヒットしちゃってるかも」

「ああ。目の前で食うのもあれだから、僕も我慢する」

　――なにやら、近くの主婦たちが「あらまあ」「学生で？」と怪訝《けげん》な顔をしている。

　きっと、高校生の男女が制服で買い物をしているのが珍しいんだろう。

　千亜希は、なにやらハッとして周囲を見回していたが。

「食生活だけでこれだ。妊娠中の女性には本当にたくさんサポートが必要なんだな。僕がしっかりしないと」

　なにせ来年にはお兄さんになるのだ。一人前への道を急がなければならない。

「えっと、誠治くん？　それはいいんだけど、あらぬ誤解が……」

　千亜希が遠慮がちに僕の袖を引っ張っている。

「千亜希《ちあき》も気を付けろよ？　偏食なところあるし」

「意味っ、この文脈でそれは意味が変わるのっ。私が気を付けるのはずっと先だからっ」

千亜希はなにやら、あわあわと顔を赤くしていた。

よく分からないが、この話題を変えてほしいようだ。

「そうか？　それにしても、親って大変だよな。料理ひとつにしても、好き嫌いとか栄養とか、自分が作る立場になってやっと分かったよ。でも、なんかやりがいがあるよなっ」

「だからいまそういう殊勝なこと言っちゃだめぇ……っ！」

千亜希は蚊の鳴くような声で叫んだ。

その向こうでは主婦たちが、なにか感じ入ったように頷《うなず》いている。

「あ、おい、千亜希？」

耳まで赤くなった千亜希に袖を引っ張られ、僕はその場を離れる。

去り際、近くにいた主婦たちから、ぐっと拳を握ってエールを送られた気がした。


「あ、二人ともここに居た——どうしたの？」

頼まれた品を持ってきた悠乃《ゆの》が、僕たちを見付けて怪訝《けげん》な顔をする。

「誠治《せいじ》くんのばかぁ。私もうこの店に来られない……っ！」

千亜希は両手で顔を覆いながら、なぜか僕への恨み言を口にしているのだった。

○

電車の走る音が遠くから響く、閑静な住宅街。

下校途中の学生や、買い物帰りの主婦が道を歩いている。

僕たちは翔《かける》の自転車に買い物袋を乗せて、悠乃《ゆの》の暮らすマンションへ向かう。

「いらっしゃい。まー、みんな大きくなってぇ」

僕たちを出迎えたのは、記憶に残る悠乃のお母さんだった。

「ご無沙汰しています。突然こんな大人数で押し掛けてしまって申し訳ございません」

僕から挨拶する。こういうとき自然と代表者をしてしまうのも、委員長の癖だ。

「あら、誠治《せいじ》くんっ？　格好《かっこ》良くなったねぇ！」

「恐れ入ります。おばさまもお変わりないようで驚きました」

「やーだー、そがいに若《わこ》う見える？」

からからと笑う悠乃のお母さんも、悠乃と同じく広島訛《なま》りが散見される。

翔が小声で「そっくりだな」と呟《つぶや》き、千亜希《ちあき》と愛矢《あや》先輩が頷《うなず》いた。

「お母さんっ、ええけぇみんなを家《いいから》に上げて！」

悠乃がたいそう恥ずかしそうに、入室を促した。

分かるぞ。友人に親を晒《さら》すのって、いつからか羞恥プレイに等しくなるよな。

感情が昂《たか》ぶると方言が出るところまでそっくりなのも、触れないでやるのが優しさだ。

「はいはい。料理の準備はできてるからね」

そうして僕たちは朝陽《あさひ》家に招かれた。

「材料はテーブルに置いちゃって。お母さん、お皿とか見つかった？」

「そこに置いてあるよー。大事にとっておいてよかったわ」

悠乃の指示で、買い物袋を持っていた僕と翔が、テーブルの方へ向かう。

「誠治くん」

すると、悠乃のお母さんから声をかけてきた。

「悠乃から聞いたわ。救急車を呼んでくれたの、誠治くんだったのね。本当にありがとうございます。お礼を言うのが遅くなってごめんなさいね」

「いえ、それはお気遣いなく。ただ電話しただけですから」

盲腸の件について、悠乃のお母さんからもお礼を言われた。

いま思い返せば、悠乃を病院に預けた後、ロビーですれ違った気がする。娘が救急車で運ばれたと聞いて慌てて駆け付けたのだろう。

T&Nのため快く招いてくれたのは、その経緯も幸いしたようだ。

「それとこれ、つまらないものですが——」

食材のついでに買ってきた菓子折りを、悠乃《ゆの》のお母さんに差し出す。しっかり相手から見て正面になる向きで、好みも悠乃からリサーチ済みだ。

「あらぁ、そんな気を遣わなくていいのに」

「いえ、せめてこのくらいは。お口に合えばいいのですが」

「しっかりしてるわねぇ。うちの子は転校先で上手《うま》くやれてるかと思ってたけど、誠治《せいじ》くんが一緒なら安心ね」

「そこはご心配なく。悠乃さんはもうすっかりクラスに溶け込んでいますから」

安心してもらうためにも強調しておく。

実際、悠乃はその明朗闊達《めいろうかったつ》な性格で、僕たち以外にも教室に友人を増やしている。

「ああよかった。これからも娘のこと、どうぞよろしくお願いします」

「いえそんな、自分の方こそ悠乃さんには――」

転校アルバムの発案など、すっかり助けられていると伝えようとしたところ、

「ちょっと待って、なんかおかしいっ。セージの挨拶なんかおかしい！」

悠乃が赤い顔で割り込んできた。

「おかしいって、なにが？」

「いや、なんか結婚の……ああもうっ、とにかくお母さんはもういいから！」

悠乃が必至にお母さんを追い払っていた。

「なんか相影《あいかげ》くんの好青年ムーブがすごい……」

「セージは外面《そとづら》いいところあるからな」

「あの嘘《うそ》くさい愛想笑いがマダム受けするんだよねぇ」

愛矢《あや》先輩と翔《かける》と千亜希《ちあき》が、何やら好き勝手なことを言っている。

長年委員長なんてものをさせられると、大人の好印象を買う術《すべ》が身につくものなのだ。

「とにかく準備だ。事前に決めた通りの割り振りでやろう」

僕の声に、他の面々がそれぞれ返事をして、制服の上着を脱ぐ。

「撮影ポイントはここかな？　相影くんと明丸《あけまる》くん、テーブルちょっと動かせる？」

僕と翔は愛矢先輩の指示に従って力仕事だ。

「ちぃちゃん、よかったらこのエプロン使って」

「わ、これ可愛《かわい》い。ゆーちゃんのは格好《かっこ》いいね」

悠乃と千亜希はエプロンを装着して調理担当、悠乃のお母さんもそちらに加わる。

千亜希のは少し洒落《しゃれ》たワンピース型で、悠乃のは腰から下だけのもの。

さながら千亜希は保育士、悠乃はカフェ店員といった雰囲気だ。

それでいてエプロンの下は制服のシャツとスカート……妙味を感じるコーデだ。

「せっかくだしスナップも撮ろっか」

愛矢先輩が写真に収めてくれるようなので、名残惜しいが目を離す。

テーブルを拭いて椅子を並べ、写真と同じ料理を同じ食器に盛り付けて、何度も写真と見比べながら配置していき、時間が過ぎていくと——

「いよし！　完成っ」

宣言した翔《かける》の前、テーブルに写真と同じ料理が再現された。

「じゃあ、みんなは椅子に座って。配置も写真の通りにね」

悠乃《ゆの》のお母さんが楽しげに見守る中、愛矢《あや》先輩の指示でそれぞれ席につく。

「相影《あいかげ》くんは箸を持って視線を正面に、明丸《あけまる》くんは唐揚げを口に運ぶ途中でストップね。朝陽《あさひ》ちゃんと雨夜《あまや》ちゃんはお互いの顔を見て笑顔よろしく」

僕の視線は正面とのことなので、体面側にいる悠乃と千亜希《ちあき》を眺める形になった。

「ちょ、なんか笑っちゃう」

「にらめっこみたいになってるよー」

悠乃と千亜希が思わず笑い出す。

その様子を見ていた僕の脳裏に、昔の記憶がふと蘇《よみがえ》った。

写真ではなく、当事者の視点から見た、あの頃の悠乃と千亜希だ。

男の子みたいだった悠乃と、垢抜《あかぬ》けてなかった千亜希——あの日『お別れ会』をしていた二人はいま、別人のように成長して、しかし同じように笑い合っている。

匂いは記憶と密接だという。同じ料理が並んだことで、記憶も触発されたのだろうか。

「先輩、早く撮ってくれ、いい匂いの唐揚げが目の前でおあずけになってっから」

翔の悲鳴が聞こえると、二人の笑顔が一気に自然なものとなった。

愛矢先輩はその瞬間を見逃さず、連写機能《バースト》で撮影する。

「君たちこなれてきたね。ほら、一度でいい感じに撮れたよ？」

愛矢先輩にも手応えがあったようだ。

「あえて選ぶならこれかな？　相影くん、タブレット持ってきてる？　画像を送るよ」

愛矢先輩に言われて、僕は鞄《かばん》からタブレット端末を取り出した。

最近のデジカメは画像の送信はおろか動画投稿までできるそうで、すぐ写真が届く。

「んー」

「むむっ」

気がつけば、僕の左右に来ていた悠乃と千亜希が、難しい顔で写真を睨《にら》んでいる。

「もう少し角度を……」

「照明も明るくした方がいいかなぁ？」

やっぱり女の子というか、悠乃も千亜希も写真の写《うつ》りが気になるようだ。

「綺麗《きれい》に撮れてると思うけど……加工とかするか？」

近頃は写真も容易に加工できるので、女の子の間ではお化粧と同等に行われると聞く。

悠乃と千亜希はどうかと言うと、諦めるように肩を竦《すく》めた。

「やめとく、上手にできる自信ないし」

「うん、生兵法で事故が起きたら申し訳ないし」

「ていうか、そろそろ料理も食おうぜ？　冷めちまう」

翔《かける》の訴えで、僕たちは料理の存在を思い出す。

撮影が終わったなら、後は食事会だ。撮影のために除いていた椅子を運び、愛矢《あや》先輩や悠乃《ゆの》のお母さんの席を準備する。

「大きゅうなったねぇ……」

ふと見ると、お母さんは神妙な面持ちで写真を見ていた。

今回の『お別れ会の写真』は、悠乃のお母さんが撮ったものだ。そのT&Nとなれば、懐かしむ思いも察しがつく。

「おばさま、よかったらこのアプリをダウンロードしてみてください。僕たちの作ってるアルバムが見られるようになりますから」

「え？　いいの？　セージ」

悠乃が聞きつけて顔を上げる。僕は快く頷《うなず》いた。

「言ったろ？　僕だけのアルバムってわけじゃない」

このアルバムを共有してくれる人が増えるのは歓迎だ。

願わくは、僕以外の人間にとっても価値のあるものであってほしい。

「まあまあ、誠治《せいじ》くんってば気の利く子になってぇ。追加でお好み焼きでも作っちゃるけぇ、たっぷり食べていきんさい！」

喜色を浮かべたお母さんが台所に向かうと、悠乃が「もういいからぁ」と止めに行く。

その微笑《ほほえ》ましい姿を見ている僕たちに、愛矢先輩がスマホを示す。

「とりあえず、いまの写真をアルバム登録しておくね」

表示された写真を見て、僕と千亜希《ちあき》と翔は目線を交わす。

そして、悠乃がこちらを見ていないうちに、同じコメントを入力した。

「あ……」

戻ってきた悠乃が、それに気付いて、目を瞬く。

【おかえり】

これが、今日のT&Nに『お別れ会の写真』を選んだ理由だ。

愛矢先輩の口にしていた通り、これは昔のお別れ会に対する『お迎え会』――

転校した友人を再び迎えるなんて縁、今後の人生で二度目があるとは限らない。

思えば伝えていなかった言葉を伝えるには、いい機会だったのだ。

「……デザートもあるから」

照れ臭そうに口を尖《とが》らせた悠乃が、食事に加わる。

今日の、アルバムとは別の目的である『お迎え会』は、まだ始まったばかりだ。

◇第八話　四月十六日、あと20日・放課後

予想外のことが起きた。

「なんかもう、ほんとごめん、うちのお母さんが……」

「いや、誘ったのはうちの方だから」

僕の部屋で、悠乃《ゆの》がティーカップを手に小さくなっていた。

「もう、ちぃちゃんやセージを車で家に送るのはともかく、なんでその先で上がり込んでお喋《しゃべ》りなのよぉ。図々《ずうずう》し過ぎるでしょ」

撮影後、翔《かける》と愛矢《あや》先輩は自転車で帰り、徒歩だった僕や千亜希《ちあき》はおばさんに車で送ってもらった。悠乃もそれに同行した形だ。

そして千亜希を家の前で降ろした後、僕の家に来たら、迎えた母に誘われたわけだ。

「母さんたちも久々に会う友達だからな。引っ越す前に色々と話もしたいんだろ」

かくして、運転手を失った悠乃は帰宅もできず、僕の部屋に来たわけだ。

徒歩で帰れる距離だが、この流れで自分だけ帰るのもなんか違うと感じたのだろう。

「仕方ないか。悪いけどここで時間潰すね」

「どうぞどうぞ」

悠乃がクッションの上で足を崩すも、少し落ち着かない様子だ。

先日この部屋でボードゲームをしたときは、千亜希や翔がいた。

しかしいまは悠乃と僕だけ。居間にそれぞれの親がいるとはいえ、日が沈んだ後の家で年頃の男女が二人きり。色々と意識するなというのも難しい。

「……そういえば、聞いておきたかったんだけど」

「えっ、なに？」

こそばゆい沈黙に耐えかねて口を開く。

「いつの間にか『放課後は撮影』ってことになったけど、悠乃の予定は大丈夫か？」

「予定って？」

「部活とかアルバイトとか、放課後にしたいことがあったんじゃないかって意味だ」

「あー、それは平気。あったらちゃんと言ってるって」

悠乃は少し目を泳がせた後、興味深そうに聞いてくる。

「というか、セージたちは誰も部活とかしてないの？」

「ああ、僕とショウは帰宅部、千亜希は文芸部だけど出欠ほぼ自由の緩い感じらしい」

全員、何事にも拘束されない放課後を送っていた。

「ショウが帰宅部ってちょっと意外、運動神経いい方だったよね？」

「中学まではバスケやってたけど、背が伸びなくてその道は諦めたらしい」

そんな話をしている間に、当初のぎこちなさも晴れていく。

「セージは？」

「中学では水泳部だった。そんなに強い情熱もなかったから、高校では勉強優先にした」

「バド部じゃなかったんだ？」

悠乃《ゆの》は不満そうな顔をしていた。

僕と悠乃が小学生の頃にバドミントンをしていたことを念頭にしての言葉だ。

「悠乃に散々負かされた上に勝ち逃げされたからな。モチベーションが無くなったんだ」

そう聞くと、悠乃は少しバツが悪そうになる。

「そこは、そのまま続けて全国大会に出たら、再会して試合できるかも、とか」

「悠乃はそういう展開好きそうだな。でも出たところで男子対女子の試合はないぞ」

「混合ダブルスっていう手もあるじゃん」

男女のペアで二対二の試合をすることだ。

「いまのとこ高校大会に混合はないし、そもそも悠乃は混合でやってたのか？」

「……ダブルスだったけど、混合じゃなかった」

「かつての幼馴染《おさななじみ》と敵として再会する熱い展開は、どの道なかったな」

僕が笑うと、悠乃は唇を尖《とが》らせる。

自分はバドミントンを続けていたのに、僕は辞めたというのが歓迎できないのだろう。

しかし悠乃は、ふと悪戯《いたずら》を思いついたように笑う。

「なら、今度相手してあげよっか？」

「今度って、バドミントンで？」

「そ。私《うち》に勝ちたかったんでしょ？」

「いいのか？　昔と違っていまは体格差あるぞ？」

「セージは小学生以来でしょ？　むしろハンデが大きすぎて申し訳ないなー」

悠乃は挑発的な笑顔で煽《あお》る。

たぶん昔の、負けて悔しがっていた頃の僕を見たいのだろう。それに乗る形で――

「悠乃だってブランクがあるんじゃないか？」

「ないない。こっちに転校してくるまではやってたし、春休み中も自主練してたもの」

気になっていたことを聞くことができた。

「そうか。前に言ってた『いまはやってない』ってのは、転校してからって意味か」

悠乃がバドミントンを辞めたのは、高校進学ではなく転校のタイミングだったらしい。

「まあ、ね……」

悠乃の笑みに影が交ざる。その表情で確信が持てた。

「悠乃《ゆの》が『後悔』してるのは、それか？」

先日、悠乃は言った――『後悔するよ？』と。

自分はそれをよく知っているという口振りの原因に、ここで踏み込ませてもらった。

「……あれ？　私《うち》いま誘導尋問されたっ？」

目を瞬いていた悠乃は、詐欺にかかったことに気付いたような反応をする。

「誘導ってほどじゃない。探りを入れたのは認めるけど」

悠乃の方からバドミントンに触れたのを好機と見て、会話の流れを作っただけだ。

「それに、バドミントンの話題が出るたび表情が暗かったからな」

「そんなに？」

「ああ。昼間、僕がこの写真を出したときなんか特に」

取り出して見せたのは、昼休みにT＆N候補として提案した写真だ。

「アルバムを提案してくれたときの『後悔するよ』って発言と足して、転校前にバド部でなにかあったんじゃないかと思ったんだけど……違ったか？」

悠乃は感心と呆《あき》れが交ざったような顔をしていた。

「名探偵がいる……」

「いや、露骨だったぞ？　千亜希《ちあき》や翔《かける》も気付いてると思う」

あえて踏み込んで聞かなかっただけだ。

自分の言動を振り返ってか、悠乃も認めるように息を吐いた。

「すまない。辛《つら》いことを聞いちゃったみたいだな……」

「いやいや、セージはどんな深刻な話だと思ってるの？」

慌て気味な悠乃に、頭の中にあった予想を語る。

「単純に試合で勝てなくて心が折れた話から、逆に強すぎて誰も隣に立てなかった孤高の猛者《もさ》。田舎の闇が牙を剥《む》く部内での村八分や、コーチとの禁断の愛なんかもありうるな」

「考えすぎ！　どれも違うから！」

「それはよかった。悪い想像は全部ハズレだったみたいだな」

では真相はなんなのかと、無言のまま目線で問いかける。

「……病弱疑惑のときみたいになっても困るし、別にいっか」

悠乃は脳内での検討を口から零《こぼ》して、僕に向き直る。

「まあ、そんなに大したことじゃないんだけど――」

そうして、悠乃はぽつぽつと語り出すのだった。

「なんにもない、の寸前。山の間に水たまりみたく住宅地があるようなとこだった」

転校後、時小海町《ときおみ》を離れた悠乃《ゆの》の新天地は、山間の田舎町だったという。

若者より野生動物の方が多いというほどのド田舎じゃないけど、休日の行き先が大手のショッピングモールただ一つという程度には物足りない、そんな町だ。

「中学と高校にバド部があったのがせめてもの救いよ」

悠乃の生活と交友関係は、自然とそれを中心としたものになったらしい。

「一番馬の合った子がいて、その子とのダブルスで全国まで行けたの」

素直にすごい。

聞けば、中学の頃には全国の常連、高校でも一年にして出場だそうだ。

「そしたら、また引っ越すことになっちゃってさ」

県大会を突破した後、悠乃は両親から申し訳なさそうに告げられたという。

新天地がすっかり第二の故郷となった、その後で。

「高校で最初の全国が、みんなと一緒に行ける最後の大会になっちゃった」

この大会が終わったらお別れ。

悠乃と、前にいた高校のバド部の仲間たちは、そんな心地で大会に臨んだ。

「……結果は、どうだった？」

「それがもう、初戦敗退。かつてないくらいのぼろ負け」

軽い口調とは裏腹に、口にされたのは残念な結果だった。

トーナメントである以上、出場校の半数がそうなるとはいえ、せめて一度くらい勝利を飾りたかったことだろう。

「それでも、みんないままでありがとうって泣いて抱き合って」

想像するだけで眩《まぶ》しい光景だが――

「……そうする予定だったんだけどなぁ」

悠乃の表情に、見ているこっちが痛くなるような自己嫌悪がにじんでいた。

「試合内容がさ、ほんとに酷《ひど》くて。信じられないくらいミスが続いて、昨日までできてたことができなくて、体はどんどんガチガチになって、そのまま……」

つまり、実力を発揮できなかったのだろう。

ただ、悠乃が悔いているのは、そこではなく――

「試合の後、責めちゃった。相方の子を」

僕の部屋を教会の懺悔《ざんげ》室とするように、悠乃の言葉が静かに散る。

「『なんで』って、『最後なのに』ってね。そしたら相方の子《うち》も言い返して口喧嘩《くちげんか》になって――あの大会で一番みっともなかったのは、絶対に私らだった」

醜態だ――と言って済ますのは他人事《ひとごと》すぎる。

何事も、本気であればあるほど、叶《かな》わなかったときの悔しさは増す。

許容しきれないほど大きくなった悔しさの最中に、普段の冷静な自分なんていない。

「頭を冷やした後、仲直りはしたんだよ？　一応」

悠乃《ゆの》は努めて軽い口調で言うが、きっと最後の一言が本題だ。

「だけどその後も、どっかその子とは気まずいままで。送別会のときも、駅まで見送りにきてくれたときも、なんかお互い嘘《うそ》ついてるみたいで……」

悠乃はカップの中の紅茶を眺めながら、親友との別れ際を思い出しているようだ。

「電車のドアが閉じて、窓越しに手を振り合って、もう見えなくなったら」

自嘲するように薄く笑って、悠乃はこう続けた。

「――なんか、ほっとしちゃった」

それは、たぶん悠乃が想像していた『転校』とは違う感傷だったんだろう。

本来なら、ただお別れするのが辛《つら》いはずの、涙の別れであるはずだ。

それが、重荷から解放されたかのような安心感だったら？

別れを惜しむべき友人たちを、重荷だと思っていたみたいじゃないか――と。

そんな自分の醜さを突き付けられるような転校を、悠乃はきっと望んでなかった。

「だから、セージはそうなっちゃダメ」

年下の男に助言するような表情で、悠乃はこちらを見た。

「わざと軽い感じにするとか、形だけの送別会とか、とにかくストレスにならないことを優先しちゃダメ。そうすると、お別れした後でこう思うの――ああ、こんなもんかって」

悠乃は、それに襲われたのだろう。

電車に乗ってしばらく経《た》って、車窓に流れる景色を見ている間に。

「それを頭の中で唱えた途端、友達のことも、前にいた学校のことも、そこで過ごしてた自分のことまで、全部まとめて『つまらなかったこと』になるの。つまらなくなんかなかったことまで、丸ごとゴミみたいにしちゃうの」

強い実感を伴う声に、背筋が少しだけ寒くなった。

「こんな風《ふう》に思ったことある？『高校生活なんてこんなものなんだ』とか、『自分にはなんにも無いんだな』とか……そりゃそうだよ、自分で捨ててるんだもん」

過去の自分を振り返った悠乃は、当時の自分をそう結論付ける。

「手術で入院している間とかは特に、そんなことばっかり考えてた」

ずっと、悠乃はそんな虚無感を抱えていたらしい。

それを埋める何かを探して、転校先への初登校に臨み、僕たちと再会した。

期待には応えられたと自負している。

その気はなかったけど、悠乃に「なにもない」なんて思わせる暇は与えなかった。

ただ、それでも悠乃の胸の奥には、転校前の昏《くら》い記憶が、まだ残っているらしい。

「だからまあ、私の後悔の押し付けみたいになっちゃうけど――」

悠乃は改めて微笑する。

「セージは、後悔しちゃダメだよ？」

すぐに返事が出なかった。

分かってしまった。悠乃《ゆの》がどうして、僕の転校に強くこだわったのか。

アルバムを作ろうなんて、手間暇のかかる見送り方を提案したのか。

自分と同じような――『こんなもんか』なんて思いをさせないためだったんだ。

「そうか」

僕は息をついて間をとり、できるだけ言葉を整理する。

「とりあえず、はっきり言えるのは……悠乃がアルバムを作ろうって言ってくれたのは、大正解だったってことだ」

悠乃にアルバムを提案される前の僕は、楽に旅立とうとしていた。

簡単な送別会、杓子定規《しゃくしじょうぎ》な別れの挨拶。死に際を悟った猫のような立ち去り方。

それを止めてくれたのは、悠乃だった。

「後悔の押し付けなんて思ってもいない。僕を『普通に』見送るっていう、楽な選択肢もあったはずなのにな」

悠乃にはそれができた。

僕が転校するなら、悠乃が言うところの『ストレスにならない』『形だけのお別れ』で済ませることができた。普通はそうするだろう。なんの不義理もない。

でも悠乃はそうしなかった。しないでくれたのだ。

その後悔があったから、悠乃は僕に一生ものアルバムを作ってくれたのだ。

「だからまあ、ありがとう。アルバムのこと、感謝してる」

「あ、はい！　えっと、どういたしまして？」

照れ臭そうに笑う悠乃と、素直な言葉が気恥ずかしい僕だった。

この空気を長引かせたくない一心で、僕は口を動かす。

「ところで、その相方の子、相当仲が良かったんだな」

「どう、かな……酷《ひど》いこと言っちゃったし、嫌われてるかも。連絡も形だけだし」

悠乃は何気《なにげ》なく、テーブルの上のスマホを見た。

正確には、そこに登録されているであろう親友の名前を、だろうか。

名も知らぬその子が、いま何を考えているかなんて僕には分からないけど……

「もしそうなら、その友達は間違ってるな」

口を衝《つ》いた言葉に、悠乃が目を丸くした。

「ああごめん、悪く言いたいわけじゃない。ただ、もし悠乃が『嫌われて当然だ』とでも思ってるなら、異議を申し立てたい」

胸襟を開いてくれた悠乃の、その認識だけは、せめて正したい。

僕は言葉を吟味して、改めて口を開く。

「これは持論だけど……『何を後悔しているか』で、その人が分かる」

後悔するよ——と言われた頃から、いつの間にか育っていた持論だ。

「あのとき勇気があればと思う人は、勇敢になり得る人だ。もっと賢かったら、もっと優しくしていれば——も、そうありたい人の思考だ。逆に、後悔としても浮かばない選択は、思考から完全に欠落している」

後悔は、二度とすまいという心の警鐘だ。

なら、どんな後悔を抱いたかで、人の心を知ることもできる。

「悠乃《ゆの》は後悔してるんだろう？　仲間との大事な思い出にケチを付けてしまったことを、お別れした後も延々と。なら悠乃は本来、そういうことをしない子なんだよ」

相方の子と仲が良かったんだな、と言った理由はそこだ。

試合に負けたことより、友人との亀裂を悔いている子を、嫌う理由が分からない。

「らしくない瞬間だけを見て、ずっと見ていた人を嫌い続けるなら、その人の目は節穴と言わざるを得ないな」

悠乃は静かに目を見開き、瞬《まばた》きした。

やがて、僕の婉曲《えんきょく》な言葉を理解すると、呆《あき》れたように息をつく。

「……男の子は理屈っぽいね」

呆れつつも、見えない角度から自分が見えたというように、微笑《ほほえ》んでいた。

「あーあ」

悠乃はそう声を上げると、背後の床に手をついて天井を仰ぐ。

「本当に、もったいないことしたなぁ」

「友達のこと？」

「それもあるし、大会のことも」

悠乃は再び後悔を口にしたが、表情と口調は、当初と比べてすっかり泥が抜けている。

「時間を戻ってもう一回やり直せたらなぁ。あの試合……」

天井を眺める悠乃は、試合会場の天井を思い出しているのかもしれない。

「負けなのは同じでいいから、終わった後のことだけでも、もう一回だけ」

人生のどこかをやり直したい。

悠乃のような性格の子でも、やっぱりそういうことは考えるようだ。

「もう一度、か……できなくは、ないんじゃないか？」

僕の言葉は予想外だったんだろう、悠乃は「え？」と目を丸くした。

「うちの高校にもバド部はある。そこに入部して全国に出場すれば、前の高校とぶつかるかもしれない。まあ敵同士にはなるけど、もう一度会って話す機会はできる」

「いやいや、セージ？　私もうバドミントンは辞めたって――」

「言ってない。『いまはやってない』とは聞いたけど」

きっぱり断言した僕はこう続ける。

「辞める気だったなら、春休み中に自主練したりしないだろ？」

あ……と、悠乃《ゆの》は自分が語るに落ちていたことに気付く。

僕にバドミントンの勝負をふっかけたとき、悠乃は自主練をしていたと言った。

「うちの高校にバド部があるのも知ってたはずだ。なにせ、悠乃が以前にいた『新涼《しんりょう》』で負けたのは、他でもない時小海《ときおみ》高校だからな」

悠乃はいよいよ唖然《あぜん》としていた。

「な、なんでそこまで……誰かに聞いたの？」

「凛《りん》さん——生徒会長に聞いたんだ。悠乃が前にいた高校の名前は『新涼』、全国大会でうちと競ったから覚えてたってな。そしてここ最近女子で全国に行ったのはバド部だけ」

悠乃が転校してきた日、耳にした情報だ。

「悠乃たちが初戦敗退だったなら、対戦校も一校のみ。条件を満たすのは時小海《うち》だけだ」

他にも、今日まで見聞きしていたことを繋《つな》いでいくと、見えるものがある。

「ああ、そういえば親睦会のとき、体育会系の女子たちと何か話してたな。バド部の子もいたはずだ。もしかして、その時点で勧誘されてたんじゃないか？」

「こわっ！　セージがお見通しすぎてこわいんだけどっ！」

悠乃はストーカーでも前にしたような顔で、自分の両腕を抱いた。

「悪かったよ。でも、当たりみたいだな？」

「う……まあ、実際バド部の子には声かけられたし、勧誘されたけど……」

「入らなかったのか？　その時点で」

親睦会の段階では、『転アル』の話もなかった。時小海にバド部があると知っていて、春休み中も自主練をしていたというなら、入部も考えていたはずだ。

「色々あったし、考えさせてもらうことにしたの。そしたら……」

「僕のアルバムの件で、入部しにくい空気にしちゃったんだな。ごめん」

「いやセージのせいじゃないからっ。私も断る口実にしちゃったとこあるし！」

悠乃はバドミントンの進退を迷っていたようだ。

そうしているうちに僕の転校が発覚、翌日になると悠乃はアルバムを提案した。

すると、『放課後にT＆N撮影をする』という部活動めいた方針が定まり、アルバムの提案者である悠乃は、部活をしたいとは言い出しにくくなったのだろう。

僕は知らぬ間に、悠乃の中で揺れる天秤《てんびん》を、引退する方へ傾けてしまったのだ。

「僕の落ち度だ。放課後に写真を撮る流れになった時点で、悠乃に部活をする予定がないか確認すべきだったんだ。浮かれてたんだな、僕……」

みんなが僕のためにアルバムを作ってくれるのが、素直に嬉《うれ》しかった。

それに夢中で、悠乃から部活動という選択肢を奪っていたとは。

「セージってば気に病みすぎ。別に私、羽根に青春懸けてるわけじゃないんだよ？」

「そうか？　どっちにしろ、僕のことは気にしないでいい。写真を撮る時間は調整すればいいんだし、また全国を目指すなら、部活への復帰も早い方がいいだろ？」

「それはまあ、そうだけど……」

いつかとは逆だな――と思った。

悠乃《ゆの》が僕にアルバムを提案したときは、僕が二の足を踏んでいた。

そうか、あのとき悠乃から見た僕は、こんな煮えきれない態度だったのか。

「決めるのは悠乃だけど……僕のことが原因で、悠乃が大事な機会を逃すようなことになるのは嫌だ。それこそ、後悔を残して転校することになる」

誠心誠意の言葉だったけど、悠乃は少し不満そうに僕を見返す。

「……セージ、それちょっとズルくない？」

「たしかに。脅すみたいで卑怯《ひきよう》だったな。忘れてくれ」

僕はこれ以上なにも言わないと示すように、軽く両手を上げた。

悠乃のお母さんが『そろそろ帰るよ』と呼びに来たのは、その直後のことだった。

その後――悠乃は母親と一緒に帰っていった。
車を見送った僕は、部屋に戻って、スマホのアルバムアプリを開く。

【愛矢《あや》／今日の写真、アップしたよー】
悠乃の家で撮ったT&Nが表示されていた。
小学生の頃の『お別れ会』と、今日の『お迎え会』が、一枚の画像に並んでいる。
T&Nだけではなく、調理していたときのスナップ写真もだ。
転アル委員会の発足から二日目にして、片手では足りない数の写真が撮れていた。
（あのときと今、か）
幼いあのときと、幼くはない今が、一枚の写真になっている。
ただ、『昔と今』の間にあった『これまで』は、写真に収められない。
例えば、悠乃が聞かせてくれた、前にいた高校での出来事までは。
（……ああくそ、やっぱり気になるな）
悠乃から聞いた『後悔』が、まだ頭の中に残っている。
試合の件も、ダブルスを組んでいた親友のことも、いわば『終わった話』だ。
その後の悠乃は僕たちと再会して、充実した高校生活を送っている。
ハッピーエンドではないが、いまさら口出しする必要がない程度には決着している。
だったら僕たちは、前の学校のことなんて忘れるくらいの日々を与えてやればいい。
それで十分、それで問題ないはずなのに……なぜか、気に入らない。
あのときをもう一度やり直したいと、叶《かな》いもしない願いを吐露した悠乃が、頭に残る。

――そのとき、僕の頭に、ひとつ案が浮かんだ。

思いついてしまえば単純なことで、しかしハードルの高いアイデアだった。

「……やるだけやってみるか」

僕はスマホのアルバムを閉じて、電話帳を開く。

「あ、もしもし、誠治《せいじ》です。夜分にすみません、お時間いいですか?」

十分だ――僕はもう十分にもらった。

今日までの写真だけで、一生ものの自慢の種だ。

だから、そろそろ次の段階に進むべきなんだろう。

つまり、転校する前に『なにをもらうか』、ではなく――

転校する前に、『なにを残せるか』を、考えなければならない。

○

四月の十七日――あと、十九日。

「撮影どうする? 屋外のやつは流石《さすが》に無理だろ」

翔《かける》が撮影の予定について口にする。

本日は雨天につき、自転車ではなく僕たちと一緒に電車での登校だった。

「すまん、昼休みなんだけど、生徒会室に顔を出す用事ができた。場合によっては放課後も時間を取られるかもしれない」

「え？　じゃあ今日の撮影は？」

悠乃《ゆの》が話を聞きつけて反応した。

「必要書類の準備とか提出とか、転校前に色々やることがあるんだ。どうせ雨なら今日のうちに済ませておこうと思ってさ」

今日の『転アル制作』には参加できそうにないと、遠回しに伝えた。

「ほー、早くもオレたちに飽きて美人の生徒会長を選ぶとはふてえ野郎だな」

「そういうわけじゃないけど、すまん」

遠慮無く指摘してくる翔だが、責める口調ではない。言わずに不満を溜《た》められるより、言われてしっかり謝った方がすっきりするだろうという、性分に基づく気遣いだ。

「忙しくなるのは仕方ないよ。じゃあ、今日はお休みだね」

千亜希《ちあき》もそう言ってくれた。

転校前の僕には一日一日が重いとはいえ、それで『転アル』への参加を強要するような空気は作りたくない。最初の欠席者が僕であれば、今後は言い出しやすくなるだろう——

と、好意的に考えておいた。

若干の隠し事をしてしまった罪悪感をごまかすために。

○

昼休み——外で降る静かな雨音が、食堂の喧噪《けんそう》に弾《はじ》き返されている。

私《うち》もまた、そんな喧噪の一員となっていた。

「では、朝陽《あさひ》さんは別に病弱というわけではなかったんですね」

そう言ったのは、昼食を共にしている副委員長の望月《もちづき》さんだった。

「うぅ、ごめんね。変な勘違いさせちゃって」

「いえいえ、お体が健康ならそれが一番ですから」

数日前に発生した病弱疑惑は、日に日に解けている。

「体と言えば、ゆーちゃん午前の体育はすごかったね」

「いや、なんか私《うち》だけ熱くなっちゃって恥ずかしいっていうか」

千亜希《ちあき》が体育館で行われたバレーボールを振り返っている。

健康状態に問題がないことを証明するには、いい機会だった。

「バドミントンをしてらしたんですよね？　こっちのバド部に入部はしないんですか？」

「あー、昨日セージにも言われたけど、ちょっと考え中というか……」

望月さんの素朴な疑問で、誠治《せいじ》との話を思い出す。

「誠治くん、なんて？」

小首を傾《かし》げた千亜希に、昨日の出来事をざっと語る。

一度誰かに話すと楽になるもので、前の高校でのことも簡単に説明できた。

「もう、誠治くんってば無理に聞き出して……」

「そうですね。私も、朝陽さんが全国まで行ったと聞けばもったいないとは思いますが、バドミントンをすること自体に辛《つら》い気持ちがあるなら、引退も立派な選択かと」

千亜希は誠治の詮索を咎《とが》め、望月さんは誠治と同じようなことを言う。

「辛いってほどじゃないし、私もいままでの練習を無駄にしたくないけど。んー、なんでなのかなぁ。前みたいに楽しい気持ちでやれる自信がないっていうか……」

バドミントンに対する複雑な思いを言葉にする。

千亜希と望月さんは聞き手に徹してくれた。

復帰を勧めた誠治とは別の、選択を迫らず胸の内を吐き出させるという優しさだった。

「あ、噂《うわさ》をすれば」

千亜希が顔を動かす。

視線を追うと、券売機の列に並ぶ誠治の姿があった。

昼休みが始まると共に教室を出た誠治は、その用事が済んだのか、昼食をとりに来たようだ。女子生徒と一緒にいる。

「一緒にいるのは？」

「ああ、日比谷《ひびや》さんだよ？　前に電話で話した生徒会長さん」

千亜希《ちあき》が以前、あのようになりたいと言っていた先輩だ。

なるほど、自信と気品を感じる美人さんで、憧れる気持ちもよく分かる。

「凛《りん》さん、ご飯系の定食なのにスプーンで食べるんですか？」

「え？　あっ、やだもうっ。誠治《せいじ》くんがカレーを選ぶから釣られて……」

誠治が列を戻って箸を取ってやり、二人は料理を手に食堂の奥へ。

その先で、生徒会長さんの知り合いらしき女子に招かれて席をとった。

「ふふ、誠治くんってば、私たちとのお昼は断っておいてお姉さんたちに囲まれるなんていいご身分なんだから」

「いえ、転校の手続きで何かお話があったのでは？」

千亜希が微妙に棘《とげ》のあることを言い、望月《もちづき》さんが擁護する。

たしかに、誠治が悪いことをしているわけではない。

ちゃんと断りを入れた上での別行動だし、先輩女子たちと一緒なのも望月さんの言うような事情だろう。誠治が自分たちを軽んじたわけではないと、頭では分かっている。

ただ、華のある容貌の生徒会長さんが、誠治と並んで親しげに言葉を交わす様子を見ると、妙に自分の髪形や化粧が気になってしまった。

「あっ、アイリちゃん」

そのとき、千亜希《ちあき》が不意に誰かを呼ぶ。

驚いた。金髪を見たときは不良かと思ったが、昭和めいたお下げ。鳶色《とびいろ》の瞳の手前には丸眼鏡が鎮座している。それでも綺麗《きれい》だと思うくらいには端麗な、北欧系の美少女だ。

「混んでるし、お隣どうぞ？」

「ありがとう。お邪魔します」

千亜希の隣に席を取った彼女は、こちらの視線に気付いて会釈する。

「真木《まき》アイリです。日本語で大丈夫です」

言い飽きているような口調に目を白黒させながら「朝陽悠乃《あさひゆの》です」と返す。

「前に話した転校生の子だよ？」

「ん、相影《あいかげ》から聞いてる。たしかに可愛《かわい》い」

人形のような顔立ちの美少女にそう言われて、妙に気恥ずかしくなった。

可愛いという評価が、彼女を経由した誠治《せいじ》の言葉だったことも一因だろうか。

「アイリちゃんが食堂に来るの珍しいね？」

「うん、相影に会長を取られちゃったから。生徒会室でぼっち飯するよりいいかなって」

「真木さん、委員長と会長さんが何の話をしているかご存知ですか？」

望月《もちづき》さんが聞くと、アイリは首を横に振る。

「分からない。込み入った話みたいだから遠慮した」

「込み入った話、ですか……なにか手続きに問題が生じたんでしょうか？」

案じる望月さんは、同じ『転校生』であるこちらに目を向けた。

「んー、私《うち》は書類に記入して先生に預けただけだったけど……」

「急に決まったみたいだし、なにか慌ただしくなってるのかも」

千亜希が言葉を続けると、アイリが不可解そうに眉を動かす。

「なんの話？」

「あ……もしかしてアイリちゃん、まだ聞いてない？」

千亜希が少し焦った様子になり、アイリは目線で続きを促す。

「誠治くん、転校しちゃうの」

見る限り、アイリの表情は、それほど変化しなかった。

「…………」

しかしその沈黙は長すぎたし、綺麗な両目は少し見開かれ、箸は指から落ちかけた。

「そう、残念だね」

アイリはその後、感情を殺したような目で昼食をとり始める。

その様子を見れば、初対面でも想像できるものがあった。

誠治がどう思ってるか知らないが——別れを悲しんでくれる人は、結構多いようだ。

○

【翔《かける》／花見とかありじゃね？】

その日の夜——唐突な翔からのメッセージが、転アル制作会議の幕を開いた。

【愛矢《あや》／染井吉野《そめいよしの》の満開は逃してるけど、八重桜とかならいまでも見応えあるよ】

カメラマンの食いつきが早い。

撮影が趣味だと、桜の開花時期には敏感になるようだ。

【悠乃《ゆの》／お花見ありだね！　いまは雨だけど、大丈夫かな？】

【千亜希《ちあき》／日曜には上がるみたい。雨も風も強くないから、そんなに散らないと思う】

窓を見ると、いまだ続く春の長雨が静かに夜景を濡《ぬ》らしている。

【翔／もし桜関係で写真を撮るなら、次の日曜がほぼ最後のチャンスだろ？】

風情ある提案をしてきたのは、そういう考えもあってのことらしい。

満開を逃したことは惜しいが、せっかくの春に桜という景色を逃すのは更に惜しい。

【誠治《せいじ》／T＆Nにこだわらず、桜を背景に一枚ってのはいいな】

【愛矢／日本人としては、出会いでも別れでもやっぱり桜っしょ。四月開講は和の心！】

悠乃や千亜希が、『分かる！』という趣旨のスタンプを送信してきた。

【翔／単純な記念写真でいいなら、オレたち以外の面子も呼ぼうぜ】
【翔／遊ぶ約束もしてたしな】
たしかに、T&Nだけがアルバムじゃない。
クラスの中にも、転アル制作に協力を約束してくれた級友がいる。
そんな級友たちを集めて、桜を背景に写真を撮る――文句の付けようのない思い出だ。
「おっと」
メッセージを入力しようとすると、電話がかかってきた。
指を止めて画面を見ると、『日比谷凛《ひびやりん》』の名前がある。
幼馴染《おさななじみ》たちとのLINEを一時中断して、通話に応じた。
「はい、誠治です――ええ、はい……本当ですかっ！　はい、ありがとうございます！
日曜日に？　分かりました、よろしくお願いします」
昼休みに撒《ま》いた種が、思ったより早く芽吹いたようだ。
「では、失礼します」
僕は凛さんとの通話を切って、再びLINEの画面を開く。
【誠治／日曜日だけど、予定をひとつ追加していいか？】
【誠治／前に見せたバドミントンの写真があっただろ？　あれのT&Nを撮りたい】
【誠治／バド部の顧問と部長にも許可を取った。体育館を使っていいってさ】

【千亜希《ちあき》／もしかして、昼休みに食堂で話してた人たち？】

そうだ、と返信する。凛《りん》さんに取り次いでもらって、昼休みに頼んでおいたのだ。

【翔《かける》／話付けてたのかよ】

【愛矢《あや》／これが委員長という生き物か】

二人の呆《あき》れや感心よりも、悠乃《ゆの》の返答を待つ。

なかなか来ない返信が、悠乃の迷いを表していた。

悠乃がバドミントンに複雑な念を抱いていることは知っている。僕がそれを知っていることを、悠乃も知っている。その上での、少し踏み込んだ提案だ。

【悠乃／まあいいよ。ラケット構えてポーズ取るだけでしょ？】

よし！　と出そうになった声を呑《の》み込む。

呑み込んだ後、別に通話はしてないのだから必要ないと気付いた。

【誠治《せいじ》／撮影はそれで十分だ。時間は――】

悠乃たちに時間を伝えた後、僕はアプリを閉じる。

（怒るだろうな……）

日曜日の困難を予想するが、既に賽《さい》は投げられた。

どの道、転校する身だ……

一度くらい、高校生らしく、青春を懸けた冒険をしてみるのも、悪くないだろう。

◇第九話　四月十九日、あと17日・朝

土曜を跨《また》いで、日曜日。

雨は上がり、空は快晴。道々に薄く残っていた雨露が、暖かい陽気に乾いていく。

時小海《ときおみ》高校の校庭にある桜が、残り少ない花弁を風に放流している。

そんな桜の近くにある、体育館の中では――


『時小海高校　対　新涼《しんりょう》高校』


黄色い布をめくって得点を示すスコアボードに、そう明記されていた。

「……っ!?」

唖然《あぜん》としているのは――もちろん悠乃だった。

体育館では時小海高校のバドミントン部がおり、練習試合の準備をしている。

僕たち『転アル委員会』の面々が、そこに顔を出している形だった。

「お、来たね。相影《あいかげ》くん」

「先輩、今日はよろしくお願いします」

僕に気付いて近寄ってきたのは、凛《りん》さんの友人であるという上級生の女子生徒だ。

バドミントン部の部長でもあり、一昨日の昼休みに食堂で紹介してもらった。

「相手校、もうすぐ来るみたいだから」

部長さんは悠乃《ゆの》をちらりと見て、楽しげに笑う。

「もし参加するんだったら、準備しといてね？」

悠乃は部長さんの声を耳に入れながらも、視線はスコアボードに固定されていた。

部長さんは部員たちの方へ戻っていき、僕たちの注目は悠乃に集まる。

やがて悠乃の首が、軋《きし》む音を幻聴させる動きで、こちらに振り返る。

「……ど、ゆ、こ、と？」

悠乃の目線は、千亜希《ちあき》でも翔《かける》でも愛矢《あや》先輩でもなく、僕へと向いていた。

「なんで、新涼《しんりょう》と……私が前にいた高校のバド部と、練習試合することになってるの？」

「僕がそうさせたからだ」

正直に答えたら、策士みたいな台詞《せりふ》になってしまった。

「そうさせたってって、どうやって⁉」

「バド部の部長や顧問の先生に話を持ちかけた。凛さんに取り次いでもらってな」

「取り次いだって……一昨日の昼休みの？」

僕は頷《うなず》く。悠乃たちと別行動を取った日のことだ。

「やり直したいって言っただろ？」

「いや、そりゃ言ったけど……本当にする⁉」

——悠乃から前の高校の話を聞いた夜、僕は凛さんに電話をかけた。

内容は、時小海《ときおみ》高校のバドミントン部に取り次いでもらうこと。

そこから顧問を通じて話を通し、新涼高校に練習試合を申し込んでもらったのだ。

「前の大会はうちのバド部にとっても不完全燃焼だったらしい。悠乃がこっちに転校してきてるっていう数奇な縁もあって、強化試合をしてくれることになったんだ」

「だからって、こんな急に……」

「ああ、僕も無理を言ったかと思ったんだけどな。前に全国大会で戦った新涼のエースを入部させるチャンスですよって言ったら、とんとん拍子で話が進んだ」

「はいぃぃぃ⁉」

自分をダシにされたと聞いた悠乃が声を上げる。

「怒るのも当然だし後でぶん殴ってもいい。その代わり、最後までちゃんと聞け」

僕は悠乃の肩を掴《つか》んで見据える。

悠乃は驚いて声を引っ込めた。周囲が好奇の目を向けてくる。

「新涼《しんりょう》の顧問や部長さんとも電話で話した。悠乃《ゆの》がまだ試合のことを引き摺《ひず》って、こっちのバド部に入部するのもためらってるって聞いたら……悔しそうだった」

僕が伝えた印象だけでも、悠乃は息を呑《の》んだ。

「迷ってる悠乃にきっかけを作ってやりたいって言ったら、二つ返事で頷《うなず》いてくれたよ」

そのときを思い出して微笑すると、悠乃の表情から混乱が消えていった。

「うそ……だって私、転校したのに……」

悠乃は戸惑っていた。

全国大会で惨敗してしまって、試合後も気まずくして、転校していった。

そんな自分のために、遠路はるばる来てくれるはずがないと。

ああ、そうかもしれない。転校した以上はもう他校の子、そこまで気にしてやる必要はないし、気にしたとしても新幹線に乗ってまで会いには行かない。

ただ、驚くかもしれないけど——そこまでするんだよ、『いい人』って人種は。

「悠乃、これから、勝手なことを言うぞ——前にいた高校の側で、試合に出ろ。あの日の全国大会を、もう一度やり直せ」

「っ⁉」

いまは時小海《ときおみ》高校の生徒である悠乃が、他校側から練習試合に出る。

そうすれば、悠乃の心に後悔を刻んだあの試合を、もう一度やり直せる。

「そ、そんなことできるわけ……ほら、いまは時小海《こっち》の生徒なんだし」

「普通なら筋違いだな。でも、悠乃はまだ時小海バド部の部員じゃない」

純然たる事実を改めて伝えると、悠乃はハッとした。

「公式大会じゃないし、両校の同意も取った。いまここでなら、あの日と同じカードでの試合を再現できる。悠乃がこっちのバド部に入部するのをためらっていたことが、期せずこの選択肢を生んだんだ」

ここ最近の僕は、この状況を目指して動いていた。

両校のバド部が積極的に動いてくれたことで、思いのほか早く実現することができた。

「あのときといま《Then and Now》——だ。今日、ここでなら、やり直せるだろ？」

さながらこれはT＆N——状況をできる限り同じにした、試合の再現だ。

僕は魔法使いじゃないので、過去をやり直させることはできない。

それでもやり直したい過去があるなら、こうするしかなかった。

つまり、真面目だけが取り柄の委員長らしく、正攻法で交渉するしか。

「嘘《うそ》、でしょ？　なんでそこまでするの？」

「言っただろ？　お前に『後悔』させたくないって」

「言い方！　何人聞いとる思うてんの!?」

不可解な抗議を受けた。悠乃は周囲を見回すと、再び僕に視線を戻す。

「というかずるい！　これはずるいでしょ！」

「ずるいってなにが？」

「こういう計画なら最初から言いんさいよ！　これもう私《うち》に選択肢ないじゃない！」

「いや、あるぞ？　悠乃《ゆの》が参加しなかったとしても、普通に練習試合するだけだからな。断ったところで悠乃は悪くないし、誰にも迷惑かけない」

時小海《ときおみ》にも新涼《しんりょう》にも、あくまで悠乃がやると言ったら参加させてくれるという約束だ。

「だーもー、お前らオレたちを置いてけぼりにしてガチ青春すんなよな」

そこで翔《かける》が、耐えかねたように口を開く。

「オレも交《ま》ぜろ」

翔は悪童の笑みを浮かべて、悠乃と目を合わせる。

「話はセージから聞いた。なんか色々あったみてーだけど言わせてもらうぞ」

悠乃を指さして、翔はこう続けた。

「いいか？　そもそもオレたちは『お別れ』するために転アルを作ってんじゃねぇんだ、セージが転校した後も友達でいるためにやってんだ。なのにお前は、後悔するほど大事な友達を『なかったこと』にする気か？　そいつは転アル制作委員会の信念に反する！」

思うがまま吐き出すような言葉だった。

それでも、翔の伝えたいことは、悠乃に届いているように見えた。

「仲直りしてこいよ。昔のこと綺麗《きれい》に精算すれば、こんな小さいことで悩んでたのかって笑えるようになる――かもしれない！　以上」

　言いたいことを言い切った翔は、少し赤くなった顔を手で扇《あお》いだ。

　詳しい事情を知らないはずのバド部員が、「おお～」と感嘆しながら拍手をしている。

「いや、でもそんな急に……あ、そうだっ、バド用具も家に置いてあるし！」

「はい、ゆーちゃん」

　千亜希《ちあき》が悠乃に差し出したのは、悠乃のバドミントン用具一式だった。

「おばさまに頼んで持ってきてもらったの」

　ぽかんとした悠乃の手に乗せられた用具は、悠乃のお母さんが車で届けてくれた。

「え？　それって……ちぃちゃんたちもグルってこと？」

　いまさらながら気付いた悠乃に、千亜希が微笑する。

「ごめんね？　誠治《せいじ》くんに協力するよう脅されちゃって」

「失礼な。ちょっと、転アル制作が決まったときの経緯を持ち出しただけだ」

　僕は千亜希の説明を補足した。

「ゆーちゃん、落ち着いて」

　千亜希が悠乃の手を握る。

「怒るよね？　陰でこんなお膳立てされて、目立たされて。前の高校のお友達とだって、気まずいよね。でもね——みんな、何があったか全部知った上で、協力してくれたの」

普段は強くものを言わない千亜希《ちあき》が、このときは真剣だった。

「ゆーちゃんは、いますごく、期待されてるんだよ！」

期待されているという言葉には、千亜希だからこその重みがあった。

千亜希もまた、生徒会選挙への推薦を受けていた。

期待というものの重圧を知っている反面、誇らしさも知っている。

「これに応えられたら、きっとすごく格好《かっこ》いいよ！」

「あ、う……」

抗弁の言葉が尽きたように、悠乃《ゆの》は周囲を見回す。

その視線が、体育館の入り口で止まった。

「失礼しまーす！　新涼《しんりよう》から来ましたーっ」

体育会系らしい、威勢のいい声と共に、数人の男女が現れる。

名乗った通り、新涼高校から来た、悠乃のかつての仲間たちだ。

「結衣《ゆい》ちゃん……」

悠乃の口が、誰かの名前を呟《つぶや》く。

悠乃と目が合った新涼の女子が、驚いたような顔をした後、柔らかく微笑《ほほえ》む。

短い黒髪の——少し失礼だけど田舎っぽい、純朴な女の子だ。

他の新涼生徒たちも気付き、笑顔で手を振っている。

悠乃の心が決まったのは、きっとこの瞬間だった。

「セージっ」

「ああ」

悠乃は晴れた笑顔で僕を見て、僕も彼女を鼓舞するために頷《うなず》く。

しかし悠乃は急に距離を詰めて、僕の胸ぐらを掴《つか》むと――

「われぇ後で覚えとけよ？」

影の掛かった顔から刃物めいた眼光をぶっ刺して、新涼の方へと駆け寄っていった。

押し殺したような広島弁……めっちゃ怖かった。

それでも、練習試合には参加してくれるようだ。

次の懸念は、悠乃が新涼の生徒たちと気まずくならないかどうかだが。

「えっ、違うって！　彼氏とかじゃ――」

歓声で迎えられ、からかわれてる悠乃を見るに、その心配もなさそうだった。

一度やると決めた悠乃は機敏だった。

まずは新涼の顧問や部長に挨拶をして、急ぎ足で時小海《ときおみ》のバド部にも挨拶する。

そして更衣室に駆け込むと、バドミントンの運動着になって戻ってきた。

悠乃《ゆの》は髪を後ろにまとめて、半袖とハーフパンツの運動着に身を包んでいる。

手にはラケット、他の用品を詰めた鞄《かばん》を肩に掛けた姿は、試合に臨む選手の風格だ。

「ああ、やっぱりこの写真だ」

そこで、愛矢《あや》先輩がデジカメを見て声を出す。

目を向けると、デジカメの画面に一枚の写真が表示されていた。

「もしかしてと思って、写真部のデータを漁《あさ》ってみたの」

写真は、どこかの体育館で撮られた、バドミントンの試合だ。

時小海《ときおみ》高校の体育館じゃない。しかし写る選手の試合着には『時小海』とある。

「全国大会の写真。学校のＨＰに乗せる写真の候補なんだけど……ほらここ」

愛矢先輩がデジカメを操作して拡大したのは、時小海の対戦相手、新涼《しんりょう》の生徒——

「これ、朝陽《あさひ》ちゃんだよね？」

新涼にいた頃の悠乃だった。

染めていない黒髪に、化粧もしていない汗が光る顔。

いかにも体育会系で、そこに青春を懸けていることが分かる姿だ。

隣にいる相方は、さっき見た純朴そうな子だった。

「え？　マジで？」

翔《かける》が唖然《あぜん》としていた。

千亜希《ちあき》も同じように、写真と現在の悠乃を見比べている。

「そうか……頑張ってたんだな」

昔と比べてお洒落《しゃれ》になったことよりも、試合に臨む悠乃の表情に感じ入る。

悠乃の話では、ひどく思い通りにいかない試合で、強いストレスの中にあった試合だ。

その最中にあって、諦めず必死にあがいている——戦う人間の顔だった。

「もしかしたら構図の再現できるかも……ちょっと角度とるね！」

愛矢先輩は撮影のベストポジションを求めて、僕たちから離れていく。

「お、来た来た。おーい、こっちこっちー」

すると今度は翔が、体育館の出入り口に手を振った。

「おいおい、花見じゃなかったのか？」

「え？　街で遊ぶんじゃないの？」

「あら？　朝陽さん、練習試合に出られるんですか？」

体育会系の有水《うすい》に、ギャル系の金枝《かなえ》に、副委員長の望月《もちづき》、他数人の級友たちがいる。

「翔が呼んだのか？」

「元々今日はみんなで花見して遊ぶ予定だったし、応援は多い方がいいだろ？」

どうやら翔が集めたようだ。

「ああよかった、まだ始まってないみたいね」

更には凛《りん》さんまで現れた。

「凛さん？　わざわざ見に？」

「私も一枚噛《か》んでるもの。バド部に友達もいるし」

他にも部活や委員会で休日の学校に来ていた生徒が、練習試合を聞きつけて顔を出す。

「結構ギャラリー増えちゃったけど、ゆーちゃん大丈夫かな？　緊張とか……」

千亜希《ちあき》が心配そうに僕の袖を引いて、悠乃《ゆの》の様子を窺《うかが》う。

「全国大会に比べれば寂しいくらいだろうさ」

ウォームアップする悠乃の表情に、注目を浴びていることへの怯《おび》えはなかった。

同じ仲間、同じ対戦校、試合と観客……できる再現は全《すべ》てした。

悠乃がやり直したいと言っていた『あのとき』は整った。あとは――

（お前の撮らせたい『いま《T&N》』を見せてみろよ、ゆーちゃん）

悠乃自身が、納得のいく試合をするだけだ。

○

試合が始まる。

悠乃たち新涼《しんりょう》のサービスでシャトルが宙を舞い、時小海《ときおみ》のラケットが返す。

素人の観客からすると、物静かな攻防だ。

自然と静まりかえった観客の中には、早くも退屈を感じ始めた者もいるだろうが――

「っ！」

銃声かと思うくらいの快音と共に、風を巻いたシャトルが床を打つ。

悠乃が音もなく振るったラケットが、時小海側にスマッシュを突き刺したのだ。

「っしゃあ！」

「不覚、撮り損ねた……動き読まなきゃ」

翔《かける》が喝采を上げ、級友や新涼生徒の歓声に、愛矢《あや》先輩の悔しそうな声が交じる。

「わっ、悠乃ちゃんすごいっ！」

「ああ、この経緯で先制点を取ったのは、素直にすごい」

重要なのは、ブランク気味だった悠乃が、それを決めたことだ。

練習試合だし、まだ序盤なので、互いの動きを見つつテンポアップ――なんていう温い空気をぶち破り、主導権を取る一撃だった。

「少なくとも、メンタルは絶好調だ」

この試合に臨む悠乃の顔は、全国大会の写真と、まったく同じだった。

悠乃のスマッシュで空気が変わった。僕たち観客の目はシャトルの往復に食い入る。

時小海側の逆襲で悠乃たちが失点、凛さんたち時小海生徒が軽い歓声を上げた。

得点表の黄色い部分がめくられ、『1－1』と並ぶ。

「セージ、お前バドやってたんだろ？　なんか分かるか？」

「やってたと言っても小学生だしな……」

翔《かける》の質問に顔を上げると、千亜希《ちあき》や他の級友たちも解説を待っている。

「とりあえず、時小海《ときおみ》のペアは柔軟型、悠乃《ゆの》たち新涼《しんりょう》ペアはがっちがちの攻撃型だ」

「型？　構え方とか？」

千亜希が首を傾《かし》げる。構え方も大事だがそれ以上に――

「ポジションよ。ダブルスでは二人がどう並ぶかでスタイルが変わるの」

近くにいた凛《りん》さんが、スポーツ漫画の解説役みたいに語り出す。

「二人の選手が横並びなら『サイドバイサイド』、守備型ね。悠乃さんたち新涼ペアは、前後に並んだ『トップ＆バック』、攻撃的な型よ。対する時小海は斜めに並んだ『ダイアゴナル』、攻守を柔軟に切り替える配置よ」

状況に応じて自然と使い分けるものだが、どこに重点を置くかという違いはある。

「どっちが有利なんだ？」

「じゃんけんじゃないから何とも言えないけど」

翔への返答が、時小海の得点で中断される。『2－1』、悠乃たちが追い越された。

「脇が甘いのは、悠乃たちの方だ」

全国大会での、悠乃たちの敗因が見えてきた。

攻めきれず、守り切れなかった――ハイリスクな攻撃型を実力で破られたのだ。

『3－1』

大会から日が浅いことを考えると、スペックを逆転させる練習も積めてない。

この試合、悠乃たちの形勢不利だった。

『4－1』

悠乃たちの表情がこわばっていく。特に相方の子――結衣《ゆい》と呼ばれていた子は露骨に。

全国大会の敗戦を思い出す展開なのだろう。

思い通りに体が動かず、全《すべ》てが悪手となり、親友との関係に決定的な亀裂を走らせた、あの敗戦――それは悠乃と彼女、どちらにとってもトラウマなはずだ。

『7－1』

早くも一方的な展開になってきた試合に、僕を始《はじ》めとする悠乃に近い生徒が押し黙る。

「事情は聞いたけど、これ、一歩間違えば致命的よ？」

凛さんが僕に忠告する。

「分かってる。下手すれば親友と仲直りどころか溝が深まるし、バドミントンにも嫌気《いやけ》が差すだろうし、そんなことにさせた僕を恨んで縁を切るかもしれない」

「誠治《せいじ》くん、それ……」

千亜希《ちあき》がぞっとした顔で僕を見る。

僕が準備したこの状況は、友情的にかなり危険だ。

ただの練習試合でも、これは悠乃《ゆの》との関係をベットした大博打《おおばくち》なのだ。

「オレはなんとなく分かるぞ。セージの気持ち」

試合展開を見守りながら、翔《かける》が笑う。

「前の学校に心残りがあったから、セージの転校に気合い入れたって？　ああ立派だな、いい子だよな。でも——気に入らねぇよな」

翔は悠乃の気持ちを高く評価しながらも、不満そうに悠乃を睨《にら》む。

「まるで、背中を向けるためにこっちを見てるみてぇじゃねぇか」

翔の言葉は、耳にした僕たちを沈黙させた。

「っ!!」

もしかすると、そんな翔の台詞《せりふ》が聞こえたのだろうか。

「うおっ、すげぇ音」

悠乃のスマッシュが立てた快音に、翔が気圧《けお》される。

『11－1』

惜しくもライン外だが、時小海《ときおみ》ペアは思わずラケットを出していた。

悠乃は惜しそうに息を吐くが、その溜息《ためいき》は重くない。

バドミントンは21点先取、そして片方が11点になると小休止が与えられる。
その時間を使って、悠乃は相方の結衣《ゆい》に声をかける。
「攻めて行こう」
守りを意識すべき得点差を一顧だにせず、悠乃は笑ってみせた。
目を瞬いていた相方の結衣は――クスッと笑って『ええよ』と応じた。
『11－2』
相方の結衣も肩の力が抜けたのか、焦りのないプッシュで1点を返す。
『13－6』
また点を取られたが、負けじと取り返す。
『14－8』
得点差こそあれ、一進一退となってきたことに、翔や千亜希も気付いてきた。
『16－11』
いや、一進一退どころか、差を詰めている。悠乃たちの得点率が急速に上がっている。
『17－13』
これまでとの明確な違いは、失点にプレッシャーを感じていないこと。
『18－15』
悠乃の強打が活《い》きてきている。

強打は拾えても理想的な方向に返させない。相手に悪いコースに返させて、それを鋭く追撃して床を射る。そのチャンスを作っているのが悠乃《ゆの》、決めているのは相方の結衣《ゆい》だ。

『19－17』

「そういえば、ふと思い出したんだけど……」

千亜希《ちあき》が試合を注視しながら、不意に昔話を始めた。

「ゆーちゃんって、自転車に乗れるようになったの、一番遅かったよね？」

随分と懐かしいことを掘り返したものだ。

運動神経のいい悠乃だが、なぜか乗り物系には弱かった。

自転車の補助輪を外す時期が来て、まず翔《かける》が乗れるようになり、僕や千亜希も補助輪を卒業したのに、悠乃だけはヨタヨタと震えながら数メートル進むだけだった。

「翔が泣くまでからかったんだよな」

「あー、転んでるゆーを小馬鹿にしまくったら、キレて自転車を投げつけられたっけ」

僕と翔はシャトルを目で追いながらも、頭では当時の情景を見て小さく笑う。

『20－19』

「でも、そしたらゆーちゃん、次の日には豪快なウィリーで登場してきたよね」

楽しそうな千亜希の声で、僕と翔がその衝撃を思い出す。

自転車の補助輪を外した頃の子供にとって、ウィリーとは英雄の技なのだ。

『20－20』
20点オール。相手と2点の差を付けるか、30点を取った側の勝ちだ。
「夜中まで練習したんだろうねぇ、あれ」
千亜希が呟《つぶや》くと、また悠乃が強打を響かせる。
時小海《ときおみ》ペアも返すが、すかさず相方の結衣がカットして、白帯の先へ羽根を落とした。
『20－21』
とうとう逆転。悠乃たちは、時小海ペアの喉元に刃を突き付けていた。
時小海側を応援していた凛《りん》さんたちが唖然《あぜん》としている。
「だからっていうか……」
微笑《ほほえ》む千亜希が何を言いたいのか、僕には分かる。
朝陽悠乃《あさひ》――僕たち幼馴染《おさななじみ》のガキ大将、負けず嫌いと肝っ玉は天下一品。
在校生が言うのもなんだが、時小海のバド部よ――
「たかが一度勝ったくらいで、うちのゆーちゃんを舐《な》めないでほしいなぁ」
千亜希が言った直後、シャトルが床を打つ。
『20－22』
怒濤《どとう》の追い上げを見せた悠乃たちが、最初のゲームを勝ち取った。

○

『０－１』

人生に『たられば』は無い。

それでも人は、後悔を残した『あのとき』を再試行せずにいられない。

『０－２』

私《うち》もそうだった——全国大会の敗戦、脳内で何度も時を遡って再現した。

あの羽根をこう返せば、あの強打は拾わなくてもよかった、あの好機を逃さなければ、あの悪手を打たなければ——無駄に終わるはずの空想を、うだうだと飽きもせず。

『１－３』

だから、これはきっと何かの間違いだ。

そういう妄想は全部、自分のストレスを溶かすために都合良く展開される。

なのにいま——現実の試合が、その妄想通りに展開しているだなんてっ！

『２－６』

２ゲーム目は、最初から優勢だった。

理由はいくらでも思いつく。

本番と練習で動きのキレが違う選手はいるものだし、負けたとはいえ一度戦った相手で機微が掴《つか》めている。それでも、一番の要因がなんなのかは分かっていた。
答えは、転校してからの日々に散らばっていた。
『もう、ゆーちゃんってば、普段通りでよかったのに』
転校直後の猫かぶりが幼馴染《おさななじみ》たちにバレたときだ。
『体験談も込みで言うと、いきなり素の自分と違うことしても上手《うま》くいかないぞ』
らしくないキャラを作って失敗して、いつもの自分に戻ったときのこと。
『いや待てっ、あれだっ、守りに入るのがらしくねぇって言いたかったんだ！』
千亜希《ちあき》や誠治《せいじ》や翔《かける》たちの何気ない言葉が、期せず敗因を形にした。
——格好《かっこ》を付けようとして失敗したのだ。
転校前の公式大会という常ならぬ気負いで、普段ならしない守りに走った。
見栄えを気にして、失点をなくそうとして。
転校に際して自分を取り繕おうとしたときと、まったく同じ失敗だ。
お洒落《しゃれ》で垢抜《あかぬ》けた女子高生？　病弱で清楚《せいそ》な転校生？　——誰じゃそれ？
格好つけときながら臆病《おそれ》になって、攻めも守りもぐだぐだになりゃ、そりゃ転《こ》ける。
『3－8』
失点がなんじゃ、二倍三倍の得点がありゃあええ。
こちとら端《はな》から、1点取られたら3点取り返すことだけが流儀の田舎侍。

そんな、いつも通りの自分に立ち返ってみれば、試合の様相はがらりと変わった。

『5－10』

攻めは守りを補う——相手もバカじゃないからカウンターを狙うけど、攻め方で逆撃を誘導するのは、慣れれば難しくない。予想済みのカウンターには慌てず対処できる。

大会ではこれができなかった。いまはできている。

『6－12』

「しゃあ！」

また得点すると、翔《かける》の声を皮切りに、千亜希《ちあき》や級友たちが歓声を上げる。

誠治《せいじ》はしたり顔で解説しており、愛矢《あや》先輩はシャッターを切っていた。

「ちょっと、あなたたちどっちの味方？」

「クラスメイトの味方でーす」

生徒会長さんが微苦笑しても、翔が悪びれず返していた。

くすりと笑う。相方の結衣《ゆい》も、他の新涼《しんりょう》の子たちも。アウェーでやってる気がしない。

バドミントンの試合は3ゲーム中の2ゲーム先取、勝利が見えてきた。

「ええ友達じゃん」

「でしょ？」

小休止の間、相方の結衣に即答した。

それはそれとして、誠治は後でぶちまわす。こんな形で練習試合させられても困る。
でも、負け犬のたられればに過ぎなかったはずの再戦、それを実現させたのも誠治だ。
『8－14』
やり直せている。
再現された『あのとき』に、見違えた『いま』を重ねられている。
なんだこれは——まるで魔法に掛けられたみたいじゃないか！
『10－17』
この試合が終わったら、クラスのみんなに改めて自己紹介しよう。
どうせ試合をやり直すなら、その後の『転校』もやり直そう。
『12－19』
——私は朝陽《あさひ》悠乃《ゆの》。
垢抜《あかぬ》けきれない田舎娘、訛《なま》りの抜けない地方出身、肉料理をこよなく愛する体育会系。
そこにいる相影《あいかげ》誠治、雨夜《あまや》千亜希、明丸《あけまる》翔の幼馴染《おさななじみ》。
バドミントンが、強い。
『16－21』
あのときと違う結果で、いま——試合が終わった。

○

結果は、悠乃《ゆの》たちのストレート勝ちだった。
悠乃は相方の子と抱き合って喜び、他の新涼《しんりよう》部員たちも集まって歓喜している。
僕は目線で愛矢《あや》先輩に促す。促すまでもなく、愛矢先輩がそれを写真に撮った。
後で悠乃と新涼の子たちにも、記念として送ろう。
「はは、ゆーのやつ泣いてるじゃん」
翔《かける》が遠目に見て微笑《ほほえ》んだ。
感極まったのか、新涼の仲間たちに囲まれて、悠乃が涙を零《こぼ》している。
あれだ。悠乃はあれができなかったことを、ずっと後悔していたんだ。
あれさえ手に入れてくれれば、勝ちも負けもどちらでもよかった。
(上手《うま》くいった)
仲直りさせられたという、いい子ちゃんな意味じゃない。
ほら——僕、ちゃんと言っただろう?
いや口に出してはいないけど、決めてただろう?
——次は僕が、お前らを泣かすって。

「驚きました、朝陽《あさひ》さん強いんですね」

「誰だよ病弱なんて言ったの。普通に格好《かっこ》いいじゃん！」

副委員長の望月《もちづき》を始《はじ》めとして、クラスメイトたちが悠乃の勇姿に興奮していた。

悠乃という転校生がどんな子なのか、改めて伝える機会になったようだ。

「セージっ！」

悠乃の声を聞いて、僕の肩がビクッと震える。

後で覚えてろという発言を思い出すが、悠乃の顔は晴れ渡るような笑顔だった。

「写真撮ろ？　ほら、例のT&N」

「え？　ああ、そうだったな」

T&N候補の一つ、僕と悠乃が写るバドミントンの写真があった。

今日ここに呼び出すための口実みたいなものだったけど、撮るというなら大賛成だ。

会話を聞いた愛矢先輩がやってきて、元となる写真を確認する。

幼い僕と悠乃がラケットを交差させるように構えて、無邪気に笑う写真だ。

撮影場所は市民体育館だが、体育館の構造なんて他と大きな違いはない。この体育館で似た背景を位置取りして、僕と悠乃が並ぶ。

肩が触れあうような距離。それでも、以前ほど気恥ずかしさは感じない。

「セージ」

借りたラケットを構える僕の隣で、同じくラケットを構えた悠乃《ゆの》が、小さく呟《つぶや》く。

「ありがとね」

笑顔が硬い——なんていう撮り直しの指示はなかった。

○

時小海《ときおみ》高校と新涼《しんりょう》高校の練習試合は、実りある形で終わった。

その後、私《うち》は久しぶりにかつての仲間たちと話す時間を得た。

話題には事欠かない。

お洒落《しゃれ》で様変わりしたこと、先の試合のこと。転校前に盲腸の手術をしたこと、それが原因で病弱だと勘違いされたこと。幼馴染《おさななじみ》たちのこと、彼らと作る転校アルバムのこと。

思えば転校してきてから十日も経《た》っていないのに、話題にできることが多かった。

「充実しとるじゃん。よかったよ」

相方の結衣《ゆい》は一安心したように、そう言ってくれた。

転校先で上手《うま》くやれてるかどうか、気に掛けてくれていたのだ。

(ああ、まったく……)

どうやら自分は、とんでもない勘違いをしていたようだ。
全国大会で気まずくなったから、別れもぎこちなかった？　嘘《うそ》を吐《つ》いてるようだった？
そんなことはなかった——自分の抱いていた負の感情による思い込みだった。
つい先日まで患っていた後悔の出所が、完全に失われた。
これが、誠治《せいじ》の狙いだったというのなら——
（完全に、やられたなぁ……）
閉じたロッカーに手を置いて、うつむき加減に息をつく。
自分が転校アルバムを強引に進めたときの意趣返し、ということだろう。
善意の押し付け百も承知と計画した転アルが、まさかこんな形で仕返しされるとは。
新涼の友人たちは、みんな口々に誠治を褒めていた。
練習試合を申し込んだ経緯は、顧問や部長を通じて部員たちに伝わっていたらしい。
『ここまでしてくれる彼氏がいるなんて羨ましい』
友人たちの感想は、概《おおむ》ねそのようなものだった。
彼氏じゃないと伝えたら『なおさらすごいじゃん』と即答された。
その通りだ。上手く行ったから言えることだけど、ここまで——やって、くれ、た。
それだけに、
（こんなの……転校しちゃうの、辛《つら》くなるじゃん）

再会した当日に聞かされたことだから、実感が薄かった。

なんだかんだで千亜希や翔《かける》ほど長い時間を共有しておらず、結びつきが浅かったのだ。

その結びつきが、今回の件で深くなってしまった。

引き千切られれば痛いと確信できるくらいには、深く。

転校までのカウントダウンが……いまさらになって怖かった。

○

同日——文学エルフこと真木《まき》アイリは、休日の町を歩いていた。

肩で風を切るように、仏頂面はどこか怒っているようにも見える。

眼鏡とお下げの北欧少女が、あたかも夫の愛人を特定して物申しに行く妻のような顔で突き進むものだから、すれ違った人は怪訝《けげん》な顔をしていた。

『誠治《せいじ》くん、転校しちゃうの』

相影《あいかげ》誠治——中学の頃は、同じ生徒会役員だった。

容姿と性格で対人関係に問題を抱えていた自分を、彼は上手《うま》く扱っていたと思う。

生徒会室で顔を合わせたとき、多少の言葉を交わすくらいには。

こんな自分には希少なことに、男友達と言えるくらいの親交はあった……はずだ。

「…………」

大手の眼鏡ショップに入店した。

そこで用事を済ませて、次の目的地に向かう。

お下げの北欧少女が、引退前に因縁の事件を執念で捜査する刑事《デカ》のような顔で歩けば、すれ違った人は振り返って目を瞬く。

『あ……もしかしてアイリちゃん、まだ聞いてない？』

聞いていなかった。

顔の広い彼のことだ、転校を伝えるべき相手はたくさんいるだろう。

ただ、そこに順番をつけるとき、自分はもう少し『前のほう』だと思っていた。

それが、一週間ほど経《た》って又聞きで知らされるとは、いかなる挑戦状か。

「…………」

ヘアサロンの前で足を止めた。

予約時間を確認して入店すると、アイリの容姿を見た女性の理髪師が、一際に気合いを入れた表情で椅子に案内する。

「今日はどんな感じにいたしますか？」

定番の確認を取る理髪師に、少し考えた後、こう答えた。

「私を舐《な》めていた男が腰を抜かす感じでお願いします」

理髪師は冷や汗を掻《か》いた後、慎重に仕事を進めるのだった。
ヘアサロンを出て、次の目的地を目指す。
向かう先は町一番のデパート、その中の服飾店や化粧品店だ。
北欧系の少女が、金髪を靡《なび》かせて歩くと、他の来店者が思わず目線を集める。
『そう、残念だね』
そう――残念に思うのが、こちらだけであって堪《たま》るか。
転校することを、今後自分と会えなくなることを、後悔してもらわなければならない。
自分とのお別れを、掠《かす》り傷にもしないまま、旅立たせてなどやるものか。
「…………」
そして翌日――登校する。
丸眼鏡でもお下げでもない文学エルフが、制服の着こなしを変えて登校する。
すれ違った生徒たちは、唖然《あぜん》とした顔で足を止めていた。

◇エピローグ　四月二十日、あと16日・昼

翌日——僕が転校するまで、あと十六日。

昼休み、僕たちはまた生徒会写真部の部室に集まり、アルバム制作の相談をしていた。

「この写真、小学校で撮ったやつだけど、いけると思う？」

「普通に撮影させてくれって言えば、学校も許可くれんじゃね？」

写真を手にした悠乃《ゆの》に、翔《かける》が推測を口にする。

「卒業生で、かつ休日なら見込みはあるかな？」

「うん。卒業生同士が結婚するとき、母校で記念写真を撮ることもあるらしいし」

愛矢《あや》先輩と千亜希《ちあき》が言い、僕は早速、僕たちの通っていた小学校の連絡先を調べる。

「元になる写真を見繕った上で連絡しよう。背景が小学校のはこれ一枚だけか？」

僕も含め、まだ持ち寄った写真はたくさんある。

先日『バドミントンの写真』が加わったアルバムは、まだまだ豊かになるだろう。

「あ、これ運動会のときのっ」

「こんな写真撮ったっけ？」

悠乃と千亜希のように、懐かしい写真を見るたびに作業が止まってしまう。

一向に構わない、それも含めての『転アル』だと思っている。

「ん？　どうぞー」

部室の扉がノックされた。近くにいた愛矢先輩が入室を促す。

僕たちの視線は自然と扉に集まり、来客がその姿を現した。

「…………」

驚きを宿した沈黙は、全員のものだった。

首筋あたりでカットされた『金髪』が揺れる。

いつもは丸い眼鏡を添えている、端正な白色の顔立ちが見えた。

鳶色《とびいろ》の瞳がどこか不敵に見開かれ、普段より丈を短くしたスカートから伸びた両足が、部屋の中に歩き出る。

まるでファンタジー作品に出てくるエルフのような、金髪の美少女だ。

しかしこの学校の名物である、眼鏡とお下げの『文学エルフ』ではない。

「真木《まき》？」

「アイリちゃん！」

髪をカットして、眼鏡をコンタクトに変えた――真木《ハイエルフ》アイリの姿だった。

「残念。どちらさま？　って反応を期待してた」

口を開けば、ややハスキーで淡泊な声。間違いなくアイリだ。

「いや本当に誰だよ！」

「いやー、めんこくなったねぇ」

翔《かける》が椅子を蹴倒す勢いで立ち上がり、愛矢《あや》先輩も目を丸くしている。

アイリとの接点は薄い二人だが、特徴的なアイリの容姿は覚えていたようだ。

「綺麗《きれ》ぇ……」

最後の悠乃《ゆの》が、全員の所感を代弁していた。

アイリはそんな僕たちの反応に、落ち着きなく毛先を弄《いじ》る。

「ちょっと思うところあって、柄にもなく洒落《しやれ》のめしてみたの」

そう言ったアイリの視線が、ちらりと僕を見た。

「よく似合ってる」

「ん、どうも」

満足そうに頷《うなず》いたアイリは、しかしその直後、鋭い目で僕を見据えた。

「それより『転アル』の部室って、ここで合ってる？」

「ああ、そうだけど……」

厳密には写真部の部室だが、転アル制作委員会の活動拠点ならここで正解だ。

「ならよかった。私も参加していい？」

「真木《まき》も？　そりゃあ――」

構わないよな？　と他の面々を振り返ると、アイリが急に距離を詰めてきた。

「そう、相影《あいかげ》が転校すると聞いて。当人からは、まっっったく聞かされていないけど、転校を、すると、聞いて……っ！」

抗議的な笑みを突き付けられ、僕は椅子の上で身を引いた。

「ああごめんっ、言うタイミングが無くて」

教室で転校を通達した日からずっと転アル制作で、アイリと話す機会が無かった。友情を前面に押し出すような仲ではないとはいえ、これは僕の不義理だ。

「アイリちゃんも参加してくれるの!?　というか可愛《かわい》いっ！　すごく可愛いよっ！」

助け船も兼ねてか、千亜希《ちあき》が喜びの声を上げる。

「コンタクトと調髪だけだし……」

「すっごくいいよ！　だから言ったでしょ？　アイリちゃんお洒落したらすごいって」

真っ向から褒める千亜希に、アイリが気恥ずかしそうに目を泳がせる。

「あー、とりあえず真木も参加ってことでいいよな。アルバムアプリを共有しよう」

異論はないようなので、いわば会員証となるアプリの共有を勧める。

アプリの共有なら、クラスメイトどころか保護者までやってるくらいだ。転アル制作のメンバーか否かは、割とボーダーレスな活動である。

「そう、そのアルバム――昔の写真を集めてるって聞いて、ちょっと持ってきた」

アイリは制服のポケットから封筒を取り出す。

「中学時代なら、相影《あいかげ》や千亜希《ちあき》と写ってるのもあるから」

どうやら封筒の中身は写真らしい。

確かにアイリとは同じ中学だったし、卒業写真に掲載されなかった写真もあるだろう。

「ちょ、ちょっと待ってアイリちゃん！　先に私に見せて！」

盲点だったと思っていたら、千亜希が急に慌てて、アイリを部室の隅へ連行する。

無抵抗に腕を引かれたアイリは、「どうぞ」と、千亜希に封筒を手渡した。

「ちぃは何を慌ててんだ？　見られたくねぇの？」

「さあ……そういう乙女心なのか？」

翔《かける》と僕は首を傾《かし》げるばかりだ。

「あーやれやれ、男子はこれだから」

「小学生の頃ならまだしも、中学生の頃じゃ写真の恥ずかしさが微妙に違うものなんだよボーイズ。顔はいまと近いけど、お化粧を覚える前だったりもするし」

悠乃《ゆの》と愛矢《あや》先輩から講釈を受ける。

確かに、化粧にこだわる女子高校生からすれば『すっぴん』に近いものなのか。

「これと、これも内緒で……こっちは、小学生の頃？　うわぁ、アイリちゃん天使……」

「千亜希、それだとロリコンみたい」

千亜希とアイリは写真を間に言葉を交わしている。早く共有してほしいものだ。

「あれ？　これ……っ、アイリちゃん！　これ、この子っ！」

「その子が、どうかした？」

と、なにやら千亜希が血相を変えていた。

「み、みんなちょっとこれ見て！」

戻ってきた千亜希が、アイリの持ってきた写真の一枚を、全員に見えるよう示した。

僕は目を凝らして、その写真をつぶさに見る。

「小学生時代の真木《まき》か？」

「……あまり見ないで」

当然ながら写っているのはアイリだ。

学校行事に関連した写真だろうか、体操服の金髪少女が白い歯を見せて笑っている。

こんな顔で笑う文学エルフというだけで貴重な一枚だが……

「そうじゃなくてっ、こっち、隣の子っ！」

千亜希に指さされたのは、そんなアイリの隣にいた児童。

「あっ」

僕はその子に注目して、T&N候補としてストックしていた写真の束に手を伸ばす。

そして、数日前に『保留』とした一枚を取り出した。

写真を突き出して、千亜希《ちあき》の持つ写真と並べる。

「「「ああっ！」」」

悠乃《ゆの》、翔《かける》、愛矢《あや》先輩も声を上げた。

再現を諦めて、ほとんど忘れていた、『こどもの日の写真』——そこに写る、誰なのか分からなかった小学生。

それと顔立ちのぴったり一致する子が、アイリの写真に捉えられていた。

——思い出というものは、いつも不意打ちだ。

狙って思い出そうとしても見つからないのに、探していないときほどやってくるのだ。

だから人は記念を作る。

いまこのときを、あのときと呼ぶようになっても。

あのときといまを別物にしないように、一つも『忘れ物』を残さないように。

日ごと刻まれるカウントダウンが終わるまで、僕らのアルバムは少しずつ厚くなる。

僕が転校するまで——あと十六日。

あとがき

皆様、お久しぶりです。

初めましての方が多いかとは存じますが、絵戸太郎《えどたろう》です。

このたびは『あと1ヶ月で転校する僕の青春ラブコメ』を手にとっていただき、まことにありがとうございます。


大事なので謝辞から入りたいと思います。

企画から長きにわたってお付き合いくださり、ご尽力くださった担当編集者様、ならびに編集部の皆様に、深く感謝申し上げます。

イラスト担当の雪丸ぬん様。本作のイメージにぴったりな作風で、本作品の命題である『青春の一枚』を描き上げてくださり、感無量です。

深刻な体調不良の中でご確認くださった校了者様。その他本作の制作に携わってくださった全ての方々に、厚くお礼を申し上げます。

また、相談に乗ってくれた友人や、作家仲間の皆様、家族はもちろん同僚の方々まで、執筆の助けとなってくれた人に、この場で紙幅を割いて感謝させてください。

さて、作品についても語っておきましょう。

本作はタイトルの通り青春ラブコメですが、それ以上に、明確なタイムリミットがある作品となります。

話が進めば日時が進み、カウントダウンが刻まれていくことになります。

バトル系作品のように、強敵を倒しては次の強敵が現れて主人公たちも強くなって……というインフレを延々と続けることはできませんし、国民的な長寿作品のようにいつまで経《た》ってもキャラが歳《とし》を取らないなんてことはありません。

どれだけ惜しんでも別れの日は近付いてくるのだという、作中で主人公たちが置かれた状況を共有してもらうために、この形となりました。

物語の中でくらい時間の残酷さを忘れさせてくれよ……と思うのは、筆者も同じです。作家は締め切りというタイムリミットに怯《おび》える宿命ですからね。

しかし、誰もが時間に追われるのが現実ならば、登場人物がそれぞれどのように時間の残酷さと向き合うのか——というフィクションも一興となり得るわけです。

そんな本作が、あるいは皆様の『時間』をより有意義にすることを願い、世に送らせていただきました。

願わくは続刊で、またご挨拶できますように。

ご一読、ありがとうございました。

ファンレター、作品のご感想をお待ちしています

あて先

〒102-0071　東京都千代田区富士見2-13-12
株式会社KADOKAWA　MF文庫J編集部気付
「絵戸太郎先生」係　「雪丸ぬん先生」係

読者アンケートにご協力ください!

アンケートにご回答いただいた方から毎月抽選で
10名様に「オリジナルQUOカード1000円分」をプレゼント!!
さらにご回答者全員に、QUOカードに使用している画像の無料壁紙をプレゼントいたします!

■ 二次元コードまたはURLよりアクセスし、本書専用のパスワードを入力してご回答ください。

http://kdq.jp/mfj/　パスワード　5heu5

●当選者の発表は商品の発送をもって代えさせていただきます。
●アンケートプレゼントにご応募いただける期間は、対象商品の初版発行日より12ヶ月間です。
●アンケートプレゼントは、都合により予告なく中止または内容が変更されることがあります。
●サイトにアクセスする際や、登録・メール送信時にかかる通信費はお客様のご負担になります。
●一部対応していない機種があります。
●中学生以下の方は、保護者の方の了承を得てから回答してください。

MF文庫J https://mfbunkoj.jp/

MF文庫J

あと1ヶ月で転校する僕の青春ラブコメ

2024年 2月 25日　初版発行

著者　絵戸太郎

発行者　山下直久

発行　株式会社 KADOKAWA
〒102-8177 東京都千代田区富士見 2-13-3
0570-002-301（ナビダイヤル）

印刷　株式会社広済堂ネクスト

製本　株式会社広済堂ネクスト

©Taro Edo 2024
Printed in Japan　ISBN 978-4-04-683346-4 C0193

◎本書の無断複製（コピー、スキャン、デジタル化等）並びに無断複製物の譲渡および配信は、著作権法上での例外を除き禁じられています。また、本書を代行業者等の第三者に依頼して複製する行為は、たとえ個人や家庭内での利用であっても一切認められておりません。
◎定価はカバーに表示してあります。

●お問い合わせ
https://www.kadokawa.co.jp/（「お問い合わせ」へお進みください）
※内容によっては、お答えできない場合があります。
※サポートは日本国内のみとさせていただきます。
※Japanese text only

INFORMATION

義妹生活

好 評 発 売 中
著者：三河ご一すと イラスト：Hiten

同級生から、兄妹へ。
一つ屋根の下の日々。

INFORMATION

クラスの大嫌いな女子と結婚することになった。

好評発売中

著者：天乃聖樹　イラスト：成海七海
キャラクター原案・漫画：もすこんぶ

クラスメイトと結婚した。
しかも学校一苦手な、天敵のような女子とである。

グッバイ宣言シリーズ

好評発売中

著者：三月みどり　イラスト：アルセチカ

原作・監修：Chinozo

青い春に狂い咲け!

INFORMATION

ベノム 求愛性少女症候群

好 評 発 売 中

著者：城崎　イラスト：のう

原作・監修：かいりきベア

悩める少女たちの不思議な青春ストーリー

INFORMATION

死亡遊戯で飯を食う。

好評発売中

著者：鵜飼有志　イラスト：ねこめたる

自分で言うのもなんだけど、
殺人ゲームのプロフェッショナル。

INFORMATION

また殺されてしまったのですね、探偵様

好評発売中
著者：てにをは　イラスト：りいちゅ

その探偵は、殺されてから
推理を始める。

〈第20回〉MF文庫Jライトノベル新人賞

MF文庫Ｊライトノベル新人賞は、10代の読者が心から楽しめる、オリジナリティ溢れるフレッシュなエンターテインメント作品を募集しています！ ファンタジー、SF、ミステリー、恋愛、歴史、ホラーほかジャンルを問いません。
年に4回締切があるから、時期を気にせず投稿できて、すぐに結果がわかる！ しかもWebからお手軽に投稿できて、さらには全員に評価シートもお送りしています！

イラスト：konomi（きのこのみ）

通期

大賞
【正賞の楯と副賞 300万円】
最優秀賞
【正賞の楯と副賞 100万円】
優秀賞【正賞の楯と副賞 50万円】
佳作【正賞の楯と副賞 10万円】

各期ごと

チャレンジ賞
【活動支援費として合計6万円】

※チャレンジ賞は、投稿者支援の賞です

選考スケジュール

■第一期予備審査
【締切】2023年 6月30日
【発表】2023年10月25日ごろ

■第二期予備審査
【締切】2023年 9月30日
【発表】2024年 1月25日ごろ

■第三期予備審査
【締切】2023年12月31日
【発表】2024年 4月25日ごろ

■第四期予備審査
【締切】2024年 3月31日
【発表】2024年 7月25日ごろ

■最終審査結果
【発表】2024年 8月25日ごろ

MF文庫J ライトノベル新人賞の ココがすごい!

年4回の締切!
だからいつでも送れて、
すぐに結果がわかる!

応募者全員に
評価シート送付!
執筆に活かせる!

投稿がカンタンな
Web応募にて
受付!

チャレンジ賞の
認定者は、
担当編集がついて
直接指導!
希望者は編集部へ
ご招待!

新人賞投稿者を
応援する
『チャレンジ賞』
がある!

詳しくは、
MF文庫Ｊライトノベル新人賞
公式ページをご覧ください!
https://mfbunkoj.jp/rookie/award/